Björnstjerne Björnson

**Ein frischer Bursche**

Björnstjerne Björnson

**Ein frischer Bursche**

ISBN/EAN: 9783743698482

Hergestellt in Europa, USA, Kanada, Australien, Japan

Cover: Foto ©Andreas Hilbeck / pixelio.de

Weitere Bücher finden Sie auf **www.hansebooks.com**

# Ein frischer Bursche.

Von

## Björnstjerne Björnson.

Deutsch

von

## Henrik Helms.

Berlin,
Hasselberg'sche Verlagshandlung.
J. Winckler.

# Ein frischer Bursche.

## I.

Eiwind hieß er, und gleich als er zur Welt kam, weinte er. Später, als er schon aufrecht auf dem Schooße der Mutter saß, lachte er, und wenn Abends Licht angebrannt wurde, lachte er, daß es in der Stube widerhallte, aber er weinte, wenn er nicht an das Licht kommen durfte.

„Aus dem Jungen muß was rechtes werden," sagte die Mutter.

Ueber das Haus, in welchem er geboren ward, hing der nackte Felsen hinaus, allein derselbe war nicht hoch; Fichte und Birke blickten auf das Häuschen nieder, der Schlehdorn streute Blüthen über das Dach. Aber auf dem Dache ging ein junger Ziegenbock, der Eiwind gehörte; der Bock mußte dort oben gehen, damit er sich nicht verlaufe, und Eiwind trug ihm Laub und Gras hinauf.

Eines schönen Tages sprang der Bock vom Dache auf den Fels; er sprang weiter und gelangte hin, wo er noch nie gewesen. Eiwind vermißte sofort den Bock, als er nach dem Vesperbrod herauskam, und dachte, der Fuchs habe ihn geraubt. Er wurde heiß über den ganzen Körper, schaute um sich und lockte: „Zick=zick=zick=Zickelein!" — „Me=me=me=me=meck!" sagte der Bock oben vom Bergesabhang, legte den Kopf auf die Seite und schaute herab.

Aber neben dem Böcklein kniete ein kleines Mädchen.

„Ist der Dein, der Bock?" frug das Mädchen.

Eiwind sperrte Aug' und Mund auf und steckte beide Hände in die Taschen des weiten Kinderrocks, den er an hatte.

„Wer bist Du?" frug er.

„Ich bin Marit, Mutter ihr Mädel, Vater sein Kind, Lieblieb zu Hause, Ola Nords Tochtertochter auf Haidehof, vier Jahre zum Herbst, zwei Tage nach der ersten Frostnacht, ich!"

„Bist Du so?" sagte er und schöpfte Athem, denn das hatte er sich nicht getraut, so lange sie sprach.

„Ist der Dein, der Bock?" frug das Mädchen weiter.

„Ja, freilich!" antwortete er und blickte aufwärts nach dem Bock.

„Ich möchte den Bock so gern haben; — Du willst mir ihn wohl nicht geben?"

„Ne, das will ich nicht!"

Das Mädchen lag dort oben und trampelte mit den Füßen und blickte auf ihn herab; endlich sagte es:

„Aber wenn Du eine Butterbrezel für den Bock kriegst, giebst Du mir ihn dann?"

Eiwind war armer Leute Kind; er hatte nur einmal in seinem Leben Butterbrezel gegessen, damals als der Großvater auf Besuch gekommen war, und weder früher noch später hatte er dergleichen genossen. Er blickte zu dem Mädchen hinauf.

„Erst muß ich die Brezel sehen," sagte er.

Das Mädchen zögerte nicht, es zeigte eine große Brezel vor, die es in der Hand hielt.

„Hier ist die Brezel!" sagte es und warf sie herab.

„Oh weh, sie ging entzwei!" sagte der Knabe, während er schon damit beschäftigt war, jedes Stückchen sorgfältig aufzulesen. Erst kostete er das kleinste Stückchen, und das schmeckte so schön, daß er noch eins und noch eins in den Mund steckte, und ehe er sich's versah, hatte er die ganze Brezel aufgegessen.

„Jetzt ist der Bock mein," rief das Mädchen.

Der Knabe hatte noch den letzten Bissen im Munde, er hörte plötzlich auf zu kauen.

Das Mädchen lag dort oben und lachte, der Bock stand auch dort oben, weiß an der Brust, mit schwarzbraunem Fell und sah herab, den Kopf auf die Seite gelegt.

„Könntest Du nicht noch warten?" bat der Knabe, sein Herz begann recht sehr zu klopfen.

Da lachte das Mädchen noch mehr und erhob sich auf den Knieen.

„Nein, der Bock ist mein!" sagte es, schlang die Arme um seinen Hals, löste eins ihrer Strumpfbänder ab und band dieses um den Hals des Bocks.

Eiwind sah Dem stumm zu.

Das Mädchen erhob sich nun und wollte den Bock mit sich ziehen. Der Bock wollte aber nicht mitgehen, er wendete den Kopf immer wieder Eiwind zu und meckerte. Allein das Mädchen griff mit der einen Hand in das Fell, zog mit der andern das Band an und sagte liebkosend:

„Komm, komm, Zickelein mein, Du sollst in der Stube

herumgehen und aus Mutter ihrem Teller und meiner Schürze
essen," — und dabei sang es:

    Komm Zicklein, meck, meck!
    Komm Kälbchen auch Du!
    Komm Kätzchen, miau, miau!
    Im schneeweißen Schuh;
    Kommt Entchen, so klein,
    So gelb und so fein;
    Kommt Kilchlein heran,
    Könnt ihr auch kaum stahn;
    Kommt Täubechen mein,
    Gefiedert so fein;
    Seht, hier ist das Gras
    Zwar immer noch naß,
    Doch nimmt Euch in Hut
    Die Sonne so gut,
Und Sommer ist es, so grün und so schön, —
Der Winter mußt' weit mit dem Schnee sich verzieh'n.

Da stand nun der Knabe.

Den Bock hatte er gefüttert und geliebkos't seit derselbe im Winter geboren wurde, und nie war es ihm eingefallen, daß er ihn verlieren könnte, jetzt war es aber wie im Handumdrehen geschehen, und er werde den Bock nie wieder sehen.

Die Mutter kam trällernd vom See herauf mit einigen Holzgefäßen, die sie dort gescheuert hatte; sie sah den Knaben, wie er weinend im Grase saß mit untergeschlagenen Beinen, und ging auf ihn zu.

„Warum weinst Du denn?" frug sie ihn.

„Ah — eh — eh — der Bock, der Bock!" schluchzte er.

„Ja, wo ist der Bock?" frug die Mutter, einen Blick auf das Dach werfend.

„Der kommt nie wieder!" sagte der Knabe.

„Kind, wie hängt denn das zusammen?"

Als er nicht sogleich das Geständniß herausbringen konnte, frug die Mutter weiter:

„Hat der Fuchs ihn geholt?"

„Ach Gott, wenn es nur der Fuchs wäre!" antwortete der Knabe.

„Bist Du von Sinnen!" sagte die Mutter, wo ist der Bock geblieben?"

„Eh — eh — eh.... ich.... ich.... ich glaube, ich habe ihn für eine Brezel verkauft!"

Gerade in demselben Augenblick, als er das Wort aussprach, begriff er auch, was es heiße, den Bock für eine Brezel zu verkaufen; früher hatte er nicht darüber nachgedacht.

„Aber, was glaubst Du nun, was der kleine Bock von Dir denkt, wenn Du ihn für eine Brezel verkaufen konntest?" sagte die Mutter.

Und der Knabe selbst dachte daran, und begriff nun sehr wohl, daß er in dieser Welt nie mehr seines Lebens froh werden könnte, und auch nicht einmal im Himmel, — fiel es ihm später noch ein.

So traurig war ihm zu Muthe, daß er sich recht ernstlich vornahm, nie wieder etwas Unrichtiges zu thun, nie wieder die Schnur vom Spinnrade durchzuschneiden, oder die Schaafe herauszulassen, oder allein an den See hinabzugehen. Er schlief ein im Grase, wo er lag, und träumte von dem Bock, daß der in's Himmelreich gekommen wäre; unsern Herrgott sah er sitzen mit einem großen Bart wie im Katechismus, und der Bock stand dort und fraß das Laub von einem glänzenden Baum; er selbst aber saß allein auf dem Dache und konnte nicht aufstehen.

Da fühlte er plötzlich etwas Nasses an einem seiner Ohren, fuhr dabei zusammen und erwachte. „Me-me-me-meck!" sagte es, und sieh, es war der Bock, der wiedergekehrt war!

„Nein, — bist Du wieder gekommen!" rief er. — Und er sprang empor, faßte den Bock an beiden Vorderbeinen und tanzte mit ihm umher wie mit einem Bruder; er zupfte ihn am Bart, und er wollte gerade mit ihm zu der Mutter in's Haus hinein, als er Jemand hinter sich vernahm, und nun das kleine Mädchen gewahrte, das sich in's Gras geworfen hatte.

„Bist Du es? — Bist Du mit dem Bock gekommen?" frug er.

Marit saß und riß Gras aus mit der Hand, und sagte nun: „Ich durfte ihn nicht behalten, Großvater sitzt dort oben und wartet."

Während der Knabe dastand und sie ansah, erscholl eine strenge Stimme vom Bergesabhange herab. „Nun!" rief es; und bei diesem Wort besann sie sich, was sie thun sollte, stand auf, ging auf Eiwind zu, steckte ihm ihre von Erde und nassem Gras schmutzige Hand in eine der seinen, wandte sich ab von ihm und sagte:

„Ich bitte Dich auch um Verzeihung!"

Allein hiermit ging auch ihr Muth zu Ende, sie warf sich laut weinend über den Bock.

„Ich denke, ich, Du kannst den Bock behalten," sagte Eiwind und wandte den Kopf ab.

„Nun, spute Dich!" rief der Großvater von oben herab.

Und Marit erhob sich und ging langsamen, schleppenden Schrittes den Berg hinan.

„Du vergissest ja Dein Strumpfband!" rief Eiwind ihr nach.

Da blieb sie stehen und sah hinab, sah erst auf das Band und den Bock, an dessen Hals es noch hing, und dann auf Eiwind. Endlich faßte sie einen großen Entschluß und sagte: „Das kannst Du behalten."

Er ging zu ihr hin und faßte ihre Hand.

„Ich sag' schön' Dank!" sagte er.

„Nicht zu danken." antwortete sie, seufzte tief auf und ging weiter.

Er setzte sich in's Gras, der Bock ging neben ihm hin und her, aber er hatte nicht mehr die alte Freude an ihm.

## II.

Der Bock ging von nun an an einem langen Strick, der an der Hausthür befestigt war, aber Eiwind ging umher und schaute den Berg an.

Die Mutter kam aus dem Hause und setzte sich in's Gras und Eiwind setzte sich ihr zu Füßen. Er wollte jetzt Märchen hören, von Dingen hören, die weit und fern lagen, denn nun genügte ihm der Bock nicht mehr. Und so vernahm er denn, daß einstmals Alles hatte reden können; der Berg sprach zum Bach, der Bach zum Fluß, der Fluß zum Meer und zum Himmel; aber dann frug er, ob denn nicht der Himmel mit Jemandem spreche, und der Himmel sprach zu den Wolken, die Wolken aber zu den Bäumen, die Bäume zum Gras, das Gras zu den Fliegen, die Fliegen zu den Thieren, die Thiere zu den Kindern, die Kinder zu den Erwachsenen, und so ginge es immer noch weiter, bis es um und um ginge, und Niemand wisse, wer angefangen habe. Eiwind sah den Berg, die Bäume, den See, den Himmel an, und hatte sie eigentlich früher nie gesehen. — Die Katze trat aus dem Haus und legte sich an der Wand in den Sonnenschein.

„Was sagt die Katze?" frug Eiwind, und zeigte mit dem Finger auf sie.

Und die Mutter sang:

„Die Sonne scheint schön und helle,
Die Katze liegt faul auf der Schwelle.
Zwei Mäuschen klein
Und Milch so fein
Und Fleisch und Fisch
Ich stahl vom Tisch;
Ich bin so gut, so satt,
So faul und auch so matt,"
sagt die Katz.

Und sie sang ihm auch vor, was der Hahn sagte, und die Vögelein auf dem Dache und die Ameise und der Wurm, der in der Baumrinde pickt.

Im Verlaufe des Sommers begann die Mutter ihn lesen zu lehren. Die Bücher hatte er schon lange gehabt, und sehr darüber nachgedacht, wie das wohl kommen würde, wenn nun auch die Bücher zu reden beginnen würden. Da wurden die Buchstaben zu Thieren, zu Vögeln und zu Allem, was auf der Welt war; aber bald begannen sie paarweise zu gehen, je zwei und zwei: a stand und ruhte sich aus unter einem Baum, welcher b hieß, dann kam c und that dasselbe, als sie aber zu drei und vier Stück zusammen kamen, war es, als geriethen sie in Streit mit einander, es wollte nicht mehr gehen. Und je weiter er im ABC kam, je mehr vergaß er auch was die Buchstaben bedeuteten; am längsten behielt er das a, daß er sich als ein kleines schwarzes Lämmchen vorstellte, das mit Allem gut Freund war; doch bald vergaß er auch das a, das Buch hatte keine Märchen und Geschichten, nur trockene Sätze zum Auswendiglernen.

Dann, eines Tages sagte die Mutter zu ihm:

„Morgen geht die Schule wieder an, da kannst Du mit gehen, ich will Dich in die Schule bringen."

Einwind hatte gehört, daß die Schule ein Ort sei, wo viele Knaben spielten, und er freute sich sehr, daß er nun auch dahin kommen solle. Er war schon früher im Schulhause gewesen, aber nicht wenn Schule dort gehalten wurde, und er lief an dem Tage der Mutter voran über die Berge dahin, denn er hatte Sehnsucht.

Als sie sich dem Schulhaus näherten, hörten sie es schon lärmen und brummen wie zu Hause von der Mühle her, und Einwind frug die Mutter, was das wäre. „Das sind die Kinder, die lesen," antwortete sie, und er freute sich sehr, denn so hatte er auch früher zu Hause gelesen ehe er noch die Buchstaben kannte.

Sie traten in die Schulstube ein; dort saßen viele Kinder um einen Tisch herum, andere saßen längs der Wand auf den kleinen Kistchen, die sie mit Eßwaaren bei sich führten; einige umstanden in kleinen Gruppen eine Tabelle; der Schulmeister, ein alter grauköpfiger Mann, saß auf einem Stuhl unten am Kamin und stopfte gerade seine Pfeife. Als Einwind und seine Mutter eintraten, sahen sie Alle empor und das Summen und Brummen hörte auf, wie daheim das Summen der Mühle, wenn sie abgedämmt hatten. Alle blickten auf die Eintretenden, die Mutter machte dem Schulmeister einen Knix, dieser nickte ihr wieder grüßend zu.

„Hier bringe ich einen Kleinen, der lesen lernen möchte," sagte die Mutter.

„Wie heißt der Bursche?" frug der Schulmeister und grub in den ledernen Beutel nach mehr Tabak für die Pfeife.

„Einwind," antwortete die Mutter; „er kennt die Buchstaben und kann auch zählen."

„Ei, potz!" sagte der Schulmeister; „komm her zu mir Du Weißköpfchen!"

Eiwind ging zu ihm hin, der Schulmeister setzte ihn auf seinen Schoos und nahm ihm die Mütze vom Kopfe. „Ein hübscher kleiner Junge!" sagte er und strich ihm die Haare. Eiwind schaute ihm in's Gesicht und lachte.

„Lachst Du über mich?" frug der Schulmeister und runzelte die Brauen.

„Ja, freilich!" sagte Eiwind, und lachte von Neuem laut auf.

Da lachte auch der Schulmeister, die Mutter lachte, die Kinder meinten, sie dürften nun auch lachen, und so lachten sie Alle insgesammt.

Und so war Eiwind in die Schule gekommen.

Als er sich setzen sollte, wollten alle die anderen Kinder jedes ihm Platz neben sich machen; er stand lange da und schaute sich nach allen Seiten um, während die Andern flüsterten und ihm andeuteten, wo er sich setzen solle; er drehte sich um und um, die Mütze in der Hand, das Buch unter dem Arm.

„Nun, wirst Du denn zum Sitzen kommen?" frug der Schulmeister und klopfte die Asche aus seiner Pfeife.

Indem Eiwind sich gegen den Schulmeister drehte, erblickte er dicht neben demselben am Kamin Marit mit den vielen Namen auf einer kleinen rothen Fußbank sitzen; sie saß da und verdeckte ihr Gesicht mit den Händen und schaute durch die Finger nach ihm hin.

„Hier will ich sitzen!" rief Eiwind plötzlich, nahm eine Bank zur Hand und setzte sich neben Marit.

Diese hob den Arm ein wenig, der gegen ihn gewendet war und blickte ihn unter demselben an; sofort verdeckte auch er sein Gesicht mit beiden Händen und schaute sie unter den Aermen hindurch an. So saßen sie eine Weile und neckten sich, bis sie lachte, da lachte auch er, die andern Kinder hatten das gesehen und lachten nun gleichfalls. Da schnitt eine scharfe starke Stimme, die jedoch allmälig milder wurde ein, und rief:

„Still, Ihr Kobolde, Ihr Kleinmäuler, Ihr spielerisches Zeug, Ihr — still, und seid artig und gut mit mir, Ihr Zuckerferkel!" —

Es war der Schulmeister, der die Gewohnheit hatte, recht derb aufzubrausen, aber wieder freundlich zu werden, ehe er ausgesprochen hatte. Sofort trat Stille im Schulzimmer ein, bis die Mühle wieder beim Lesen in Gang kam: Jeder las laut in seinem Buche, die feinsten Discante spielten auf, die gröberen Stimmen trommelten lauter und lauter, um die Oberhand zu behalten, hier und da schrie Einer dazwischen durch, — Eiwind war noch nie so vergnügt gewesen.

„Ist's hier immer so?" flüsterte er Marit zu.

„Ja, so ist's!" antwortete sie.

Später rief der Schulmeister sie beide zu sich heran, und ließ sie lesen; ein anderer Knabe mußte darauf mit ihnen üben, und endlich mußten sie wieder an ihre Plätze gehen und dort still und ruhig sitzen.

„Ich hab' jetzt auch einen Bock gekriegt," sagte Marit.

„Ei, das hast Du?" sagte Eiwind.

„Ja, freilich, aber er ist nicht so hübsch wie Deiner." —

„Warum bist Du nicht wieder auf den Berg gekommen?"

„Großvater sagt, ich falle herunter."

„Ei, der Berg ist nicht hoch."

„Großvater hat's aber doch verboten." —

„Meine Mutter weiß so viele Lieder, Du," — sagte er.
„Oh, Großvater weiß auch viele."
„Aber nicht die, die Mutter singt."
„Großvater singt eins vom Tanze; — willst Du es hören?"
„Ja, freilich will ich."
„Aber so mußt Du näher heranrücken, daß der Schulmeister es nicht hört."

Er rückte näher heran, und sie flüsterte ihm das Lied vier bis fünf Mal nach einander zu, so daß er es bald auswendig wußte, und das war das Erste, was er in der Schule lernte.

„Tanz!" rief die Fibel,
Und kratzte die Saiten,
Daß schon von weiten
Häuschen sprang zu.
Halt! rief der Ola,
Stellt ihm ein Bein, daß er
Hinfiel; — die Mädchen all'
Lachten dazu.

Hopp! sagte Erik
Und stampfte den Boden,
Daß wie nach Noten
Die Wände mitschrien.
Da packt' ihn Elling
Behende beim Kragen:
„Ei, laß Dir sagen,
Du bist zu grün."

„Hei!" sagt' der Jesper,
Er haschte die Randi,
„Nun komm' ich an sie,
Mich küssen sie muß!"

Meinst Du, sagt Randi, —
Und flugs der Geselle
Hatt' weg eine Schelle,
Bei weitem kein'n Kuß.

„So, Kinder, aufgestanden!" rief der Schulmeister, „heute ist der erste Tag, und Ihr sollt früh aufhören, aber erst müssen wir beten und singen.

Und nun wurde es erst lebendig in der Schulstube, die Kinder sprangen über die Bänke und drängten sich hervor und riefen und plauderten um die Wette.

„Still, Ihr Kobolde! Ihr böses Gesindel! Ihr Wild= fänge! — still und geht hübsch artig und stellt Euch auf, Kinderchen!" sagte der Schulmeister.

Und die Kinder gingen nun ruhig und stellten sich auf, und der Schulmeister trat zu ihnen und hielt ein kurzes Gebet. Darauf sangen sie; der Schulmeister begann mit tiefem Baß, alle Kinder falteten die Hände und stimmten mit ein und sangen; Eiwind stand mit Marit unten an der Thüre und sah Dem zu, sie falteten auch die Hände, aber singen konnten sie nicht.

Das war der erste Tag in der Schule.

## III.

Eiwind wuchs heran und wurde ein flinker Junge; in der Schule zählte er zu den besten, und zu Hause war er auch flink bei der Arbeit. Aber zu Hause hatte er auch die Mutter, in der Schule den Schulmeister lieb; mit dem Vater verkehrte er nicht viel, denn dieser war entweder auf dem Fischfang oder in der Mühle, wo die halbe Dorfschaft mahlte.

Um diese Zeit erzählte die Mutter ihm eines Abends, als sie zusammen am Herde saßen, die Geschichte des Schulmeisters, und dieselbe grub sich tief in sein Herz ein. Sie schlich sich in seine Bücher, legte sich unter jedes Wort, das der Schulmeister sprach, und schlich sich in der Schulstube umher, wenn es dort recht still war. Sie machte ihn gehorsam und ehrerbietig, und seit er sie gehört hatte, konnte er auch gleichsam Alles, was der Schulmeister lehrte, leichter fassen.

Die Geschichte war folgende:

Der Schulmeister hieß Bard und hatte einen Bruder, der Andreas hieß. Beide Brüder hatten sich sehr lieb. Beide ließen sich als Soldaten anwerben, lebten in derselben Stadt zusammen, gingen in den Krieg, wurden beide Corporale und standen bei einer und derselben Compagnie. Als sie nach dem Kriege wieder in die Heimath zurückkehrten, sagten alle Leute, sie seien ein paar hübsche Kerle. Nun stirbt aber ihr Vater; dieser hatte viele fahrende Habe, die nicht leicht zu theilen war, und deshalb entschlossen die Brüder sich, damit sie auch dieses Mal, wie immer sich einigen konnten, Alles zur Auction zu stellen, damit jeder von ihnen Das kaufen könnte, was er wollte, und sie später den Erlös theilen möchten. Und so geschah es. Aber nun hatte der Vater eine große goldene Uhr gehabt, was man weit und breit in der Gegend wußte, weil es die einzige goldene Uhr war, die die Leute dort je gesehen hatten, und als diese Uhr ausgerufen wurde, wollten viele reiche Bauern sie haben, bis endlich auch die Brüder zu bieten begannen; da zogen die Andern sich zurück. Nun erwartete Barb von Andreas, daß dieser ihm die Uhr sollte erstehen lassen, und Andreas erwartete gerade dasselbe von Seiten Barbs; jeder von ihnen that ein Gebot, gleichsam um den Andern zu prüfen, und der Eine blickte den Andern an, während er bot. Als die Uhr schon über zwanzig Thaler hinaufgegangen war, schien es Barb, daß das nicht gerade hübsch von seinem Bruder gehandelt sei, und er bot weiter, bis gegen dreißig Thaler; da Andreas sich noch nicht geben wollte, meinte Barb, er erinnere sich wohl nicht, wie gut und lieb er oft gegen ihn gehandelt, und auch nicht, daß er doch der älteste sei, und die Uhr stand bald über dreißig Thaler; Andreas überbot aber immer noch Barb. Da bot Barb mit einem Male vierzig Thaler und blickte nun nicht mehr den Bruder an; im Auctionszimmer herrschte große Stille, und nur der Ortsrichter nannte ruhig den Preis. Andreas dachte, wie er da stand, daß er so gut wie Barb vierzig Thaler geben könne, und wenn Barb ihm die Uhr so nicht gönne, so müsse er sie wohl nehmen, und er überbot ihn. Allein, das war nun nach Barbs Gefühl die größte Schande, die ihm jemals zugefügt worden, und er bot fünfzig Thaler, und zwar mit unterdrückter Stimme. Es waren viel Leute im Zimmer, und Andreas war der Meinung, daß der Bruder ihn nicht so verhöhnen dürfe in Gegenwart so vieler Leute; er überbot ihn. Da lachte Bard laut auf: „Hundert Thaler und meine Brüderschaft dazu!" rief er, kehrte sich um und verließ das Zimmer.

Eine Weile darauf, während er noch damit beschäftigt war, das Pferd zu satteln, welches er schon auf der Auction erstanden hatte, trat Einer von den Leuten in dem Auctionszimmer zu ihm heran und sagte: „Nun, die Uhr gehört Dir, Andreas hat sich ergeben."

In dem Augenblicke, als Bard diese Worte vernahm, durchzuckte ihn gleichsam die Reue, er dachte an den Bruder und nicht an die Uhr, den Sattel hatte er aufgelegt, allein er blieb stehen, die Hand auf dem Rücken des Pferdes, unschlüssig, ob er abreiten solle.

Da traten viele Menschen auf den Hofraum heraus, unter denselben auch Andreas, und als dieser Bard bei dem gesattelten Pferde stehen sah, und nicht wissend, woran er gerade in dem Augenblick dachte, rief er ihm zu:

„Ich danke für die Uhr, Bard! Du sollst den Tag nicht kommen sehen, daß Dein Bruder Dir zu nahe tritt!"

„Auch nicht den Tag, daß ich hier wieder meinen Fuß her setze!" antwortete Bard und schwang sich in den Sattel; sein Gesicht war blaß und finster.

Das Haus, in welchem die beiden Brüder mit dem Vater zusammen gewohnt hatten, betrat keiner von ihnen wieder.

Kurze Zeit darauf heirathete Andreas die Wittwe eines Häuslers, aber er lud Bard nicht zur Hochzeit ein, und Bard war auch nicht bei der Trauung in der Kirche zugegen.

Schon während des ersten Jahres seiner Ehe fand er die einzige Kuh, die er besaß, todt hinter dem Hause liegen, wo sie, angebunden, gegrast hatte, und Niemand konnte die Ursache des Todes ausfindig machen. Noch mehrere Unfälle gesellten sich hinzu, und es ging ihm nicht zum besten; am schlimmsten kam es aber, als inmitten des Winters seine Scheune mit allem Vorrath an Getreide und Lebensmitteln niederbrannte; Niemand wußte wie das Feuer entstanden war.

„Das hat Einer gethan, der mir schaden will," sagte Andreas, und er weinte bitterlich die Nacht.

Er ward ein armer Mann, und er verlor die Lust und den Trieb zu arbeiten.

Da stand sein Bruder Bard am darauf folgenden Abend in seiner Stube. Andreas lag und ruhte sich aus auf dem Bette als Bard eintrat, er sprang sofort auf.

„Was willst Du hier?" frug er und blieb stehen, den Bruder unverwandt anblickend.

Bard zögerte ein wenig mit der Antwort: „Ich will Dir Hilfe anbieten, Andreas, es geht Dir nicht gut."

„Es geht mir, wie Du es mir gegönnt hast, Bard! Geh! oder ich weiß nicht, ob ich mich werde mäßigen können."

„Du irrst Dich, Andreas, ich bereue . . . ."

„Geh', geh' Bard, oder Gott sei Dir und mir gnädig!"

Bard wich nun zwar einige Schritte zurück, allein er frug mit zitternder Stimme:

„Willst Du die Uhr haben? ich will sie Dir geben."

„Geh', Bard!" rief jetzt der Andere mit lauter Stimme.

Und Bard säumte nun nicht, er ging.

Aber mit Bard hing es folgendermaßen zusammen:

Sobald er erfuhr, daß es dem Bruder schlecht ginge, thaute ihm das Herz auf, allein der Stolz war widerwillig. Er fühlte Drang, die Kirche zu besuchen, und dort kamen ihm gute Vorsätze an, er hatte jedoch die Kraft nicht, sie auszuführen. Oft war er so weit auf dem Wege nach dem Bruder, daß er das Haus sah, aber entweder trat dann Einer aus der Thüre heraus, oder ein Fremder war da, oder Andreas stand vor dem Hause und spaltete Holz, kurz: immer kam etwas dazwischen. Eines Sonntags im Winter, besuchte er wieder die Kirche, und Andreas war auch an dem Tage dort, Bard sah ihn, er war blaß und abgemagert, er trug dieselben Kleider, die er früher getragen, als sie noch beisammen wohnten, aber sie waren jetzt alt und geflickt. Bard dachte an ihre Kindheit und vergegenwärtigte sich wie gut und lieb Andreas gewesen. Bard selbst ging an dem Sonntage zum Tische des Herrn, und er that bei sich das feierliche Gelübde zu Gott, sich mit seinem Bruder auszusöhnen, es möchte kommen, was da wolle. Dieser Vorsatz ging durch seine Seele in dem Augenblick als er den Kelch genoß, und als er sich erhob, wollte er gerade zu dem Bruder hingehen, und sich neben ihn setzen; aber es saß Jemand neben demselben und Andreas blickte auch nicht empor. Nach der Predigt war auch etwas im Wege, es waren zu viele Leute da, die Frau ging neben ihm her, und mit der war er nicht bekannt; so dachte er, es sei am besten, zu ihm in's Haus zu gehen und ernstlich mit ihm zu sprechen. Als es Abend wurde, that er auch so. Er ging bis an die Hausthür, hier blieb er einen Augenblick stehen und lauschte; da aber hörte er seinen eigenen Namen nennen; es war von der Frau.

„Er war heute zum heiligen Abendmahl," sagte sie, „er dachte gewiß an Dich."

„Nein, er denkt nicht an mich," sagte Andreas, „ich kenne ihn, er denkt nur an sich."

Es wurde nun lange nichts gesprochen. Bard schwitzte wo er stand, obgleich es ein kalter Abend war. Die Frau drinnen in der Stube, vernahm er, wirthschaftete mit Töpfen und Tellern, das Feuer knisterte auf dem Herde, ein kleines Kind weinte dann und wann, Andreas trat die Wiege. Endlich sagte die Frau wieder:

"Ich glaube, Ihr denkt Beide an einander, aber Ihr wollt es nicht gestehen."

"Reden wir lieber von etwas Anderm," sagte Andreas.

Eine Weile darauf erhob sich Andreas und trat an die Thür. Bard mußte sich in den Holzstall verstecken. Gerade dahin kam aber auch Andreas, um Brennholz zu holen. Bard drückte sich in eine Ecke des Stalles, von hier aus beobachtete er nun Andreas. Dieser hatte die Kleider, die er in der Kirche getragen, ausgezogen und trug jetzt die Uniform, die er aus dem Kriege mit heimgebracht, das Seitenstück zu Bards Uniform; die Brüder hatten sich das Versprechen gegeben, daß sie diese Uniformen nicht tragen wollten, daß sie auf ihre Nachkommen vererben sollten, allein Andreas in seiner Armuth trug nun doch die seinige, und sie war schon geflickt und fadenscheinig, sein großer, wohlgewachsener Körper war gleichsam in Lumpen eingehüllt, und Bard hörte die goldene Uhr in der eigenen Tasche ticken. Andreas trat auf das im Stalle liegende Reiserholz, aber anstatt sich gleich niederzubücken und einen Haufen zu nehmen, blieb er stehen, lehnte sich an einen Holzstoß und schaute in den Himmel hinaus, der voll glitzernder Sterne hing. Dabei seufzte er tief auf und sagte:

"Ja — ja — ja. — Du lieber, guter Gott!"

Diese Worte vergaß Bard sein Lebenlang nicht, sie klangen ihm immerfort in den Ohren. Er wollte auf den Bruder zu-

schreiten, aber in demselben Augenblick hustete dieser recht
schwer aus kranker Brust; und mehr bedurfte es nicht, um
Bard wieder von seinem Vorsatz abzubringen. — Andreas
nahm einen Bündel Reißig und strich, indem er aus dem
Stalle ging, so nahe an Bard vorüber, daß die Zweige diesem
in's Gesicht schlugen.

Wohl zehn Minuten blieb Bard wie festgebannt an der
Stelle, wo er stand, und er wäre vielleicht noch länger stehen
geblieben, wenn ihn nicht nach der Erschütterung eine fieber=
hafte Kälte alle Glieder zittern gemacht hätte.

Als er im Freien stand, mußte er sich aber offen gestehen,
daß er zu feig sei, um in's Zimmer zu Andreas zu gehen,
und er faßte deshalb einen andern Plan. Aus einem Aschen=
kasten, der gerade in der Ecke im Holzstall stand, die er so
eben verlassen hatte, suchte er einige Stückchen Kohle heraus,
fand auch einen Kienspahn, ging in die Scheune, schloß dieselbe hinter sich und schlug Feuer in die Kohle. Als er den
Spahn angezündet, leuchtete er um sich, um den Nagel zu
finden, an welchen der Bruder seine Laterne hing, wenn er
des Morgens früh zum Dreschen sich anschickte. Bard zog
die goldene Uhr aus der Tasche und hing dieselbe an jenen
Nagel, löschte darauf den Spahn aus und ging von dannen,
und nun fühlte er sich so erleichtert, daß er über den Schnee
dahinsprang wie ein junger Bursche.

Tags darauf vernahm er, daß die Scheune dieselbe Nacht
niedergebrannt war. Wahrscheinlich waren Funken in's Stroh
von dem Kienspahn herabgefallen, mit dem er leuchtete, während
er die Uhr hingehangen hatte.

Dies übermannte ihn dermaßen, daß er an dem Tage zu
Hause wie ein Kranker sitzen blieb, sein Gesangbuch hervor-

holte und Psalmen sang, daß die Leute im Hause glaubten, es müsse mit ihm nicht richtig sein.

Aber spät am Abende ging er aus; es war heller Mondschein, er begab sich nach dem Hause seines Bruders, grub an der Feuerstätte nach — und fand auch endlich ganz richtig einen kleinen zusammengeschmolzenen Goldklumpen; es war die Uhr.

Es war mit diesem Klumpen in der Hand, daß er an jenem Abend zu dem Bruder eintrat, um Frieden bat und sich aussprechen wollte. Aber es ist schon erzählt worden, wie es dabei zuging.

Ein Mädchen hatte ihn an der Feuerstätte graben, einige Burschen, die zu Tanze gingen, hatten ihn Sonntagsabend in der Richtung nach seines Bruders Haus gehen sehen, die Leute im Hause, wo er wohnte, erzählten, wie sonderbar er sich am Montag benommen habe. Da es aber auch bekannt war, daß er und der Bruder verfeindet waren, so wurden diese Umstände dem Gericht gemeldet, und ein Verhör aufgenommen. Wenn man ihn auch nicht überführen konnte, so blieb doch der Verdacht an ihm haften, und er konnte sich jetzt weniger denn je dem Bruder nähern.

Andreas hatte wohl an Bard gedacht, als seine Scheune brannte, aber er hatte Niemandem seine Gedanken mitgetheilt. Als er ihn am Abend des darauf folgenden Tages blaß und verstört bei sich eintreten sah, sagte er sich sogleich, daß die Reue ihn ergriffen haben müsse, daß er aber für solch' entsetzliche That gegen seinen Bruder keine Verzeihung erwarten könne. Später erfuhr er, daß die Leute Bard, an dem Abend wo die Scheune brannte, auf sein Haus hatten zugehen sehen, und wenn auch das Verhör nichts aufklärte, so stand doch die Ueberzeugung bei ihm fest, daß Bard der Thäter sei.

Die beiden Brüder begegneten sich beim Verhör, Bard in seinen guten Kleidern, Andreas in seinen alten, geflickten; Bard blickte Andreas an als dieser in die Gerichtsstube trat, und die Augen flehten, daß es Andreas bis in's Innerste seines Herzens drang.

Er will nicht, daß ich Etwas sage, dachte Andreas, und als man ihn frug, ob er dem Bruder die Thäterschaft zutraue, antwortete er mit einem lauten, bestimmten „Nein!"

Aber von dem Tage an ergab sich Andreas dem Trunke; so wie er sehr bald in gänzliche Armuth gerieth, so verfiel auch seine Gesundheit sichtlich.

Bard, obgleich er nicht trank, verfiel jedoch in noch höherem Grade; er war fast nicht mehr zu erkennen.

Da tritt eines Abends spät eine ärmliche Frau in das Zimmer, in welches Bard sich bei Leuten eingemiethet hatte, ihn bittend, ihr zu folgen. Bard kannte sie, es war die Frau seines Bruders, und er begriff sogleich weßhalb sie ihn aufsuche. Er wurde leichenblaß, zog sich schnell an und folgte ihr ohne auch nur eine Silbe zu sprechen.

Von dem Hause des Andreas her schimmerte ein schwacher Lichtschein; es flackerte auf und nieder, und sie gingen dem Lichte nach, denn kein Pfad führte über die Schneefelder dahin.

Als Bard wiederum in der Hausflur seines Bruders stand, schlug ihm eine eigenthümliche Atmosphäre entgegen, von welcher ihm fast übel wurde. Er und die Frau traten in die Stube. Ein kleines Kind saß am Herde und aß Kohle, war über und über schwarz im Gesicht, schaute aber auf und lachte mit weißen

Zähnen; es war das Kind des Bruders. Aber im Bette, zugedeckt mit allerhand Kleidungsstücken, lag Andreas, abgemagert, mit reiner hoher Stirn und blickte den Bruder mit hohlen Augen an. Bard fühlte seine Knie zittern, er setzte sich an den Fuß des Bettes und brach in ein ungewöhnlich starkes Weinen aus. Der Kranke schaute ihn unverwandt und schweigend an. Endlich bat er die Frau, die Stube zu verlassen, allein Bard winkte ihr zu, sie möge bleiben, — und nun begannen die beiden Brüder mit einander zu sprechen. Sie verständigten sich und sprachen sich über Alles aus, von dem Tage, an welchem sie auf die Uhr bei der Auction geboten und weiter bis zu dem Tage, an welchem sie nun wieder zusammen gekommen waren. Bard endigte damit, daß er den Goldklumpen hervornahm, den er immer bei sich trug, und es ward nun den Brüdern klar, daß sie sich während dieser vielen Jahre keinen einzigen Tag glücklich gefühlt hatten.

Andreas sprach wenig, denn er war zu schwach, um sich anstrengen zu können; aber Bard blieb am Lager sitzen, so lange Andreas krank war.

"Jetzt bin ich ganz gesund," sagte Andreas eines Morgens beim Erwachen; "jetzt, lieber Bruder, wollen wir lange mit einander leben und uns nie wieder trennen, wie in früheren Tagen."

Aber Andreas starb an demselben Tage.

Bard nahm sich der Frau und des Kindes an, und die hatten es gut von der Zeit an.

Das aber, was die Brüder mit einander gesprochen hatten, das drang durch die Wände und durch die Nacht in die Dorfschaft zu allen Leuten hinaus, und Bard wurde der geachtetste Mann unter ihnen. Alle begrüßten ihn wie Einen, der großen

Kummer gehabt und wieder Freude gefunden hat, oder Einen, der lange Zeit verreist gewesen ist.

Bard's Gemüth hob sich bei all' dieser Freundlichkeit von allen Seiten, er ward ein Gott ergebener Mann, und er wolle nun wieder Etwas thun und thätig sein, sagte er, und so wurde aus dem alten Korporal ein Schulmeister.

Was er als solcher den Kindern früh und spät einschärfte, war Liebe, und er selbst übte diese, so daß die Kinder ihn liebten und in ihm einen Spielkameraden und einen Vater zu gleicher Zeit sahen.

Sieh, diese Geschichte war es, die man sich von dem alten Schulmeister erzählte, und die in Eiwind's Gemüth einen solchen Boden fand, daß sie ihn schier erbaute. Der Schulmeister wuchs ihm gleichsam zu einem übernatürlichen Menschen heran, wenn er auch dasaß so leutselig und manchmal brummend. Bei ihm nicht fleißig und aufmerksam sein, war rein unmöglich, und bekam er von ihm ein Lächeln, oder strich der Schulmeister ihm das Haar, wenn er seine Aufgabe hergesagt hatte, so war ihm froh und warm um's Herz den ganzen Tag über.

Einen großen Eindruck auf die Kinder that immer die kleine Ansprache, die der Schulmeister zuweilen vor dem Morgengesang an sie hielt, oder wenn er wenigstens ein Mal in jeder Woche ihnen einige Verse vorlas, die von der Nächstenliebe handelten. Wenn er den ersten Vers las, zitterte ihm die Stimme, obgleich er ihn wohl zwanzig bis dreißig Jahre oft hergesagt hatte.

Der Vers lautete:

  Lieb' Deinen Nächsten, Du Christenkind!
  Selbst wenn er sündig, verirrt und blind
  Vor Dir lieget im Staube; —

Alles, was lebt, kann der Liebe Macht
Aufrichten wieder zum Heil, zur Pracht;
Das halte fest und glaube.

Wenn aber dann das ganze Lied hergesagt war, und er noch eine Weile schweigend da gestanden, sah er die Kinder mit freundlichen Augen an und sagte:

„So, Ihr Koboldchen, jetzt geht hübsch nach Hause, — hübsch ruhig und artig, daß ich nur Gutes von Euch erfahre, Kinderchen!"

Und während sie nun recht tobten, und ihre Bücher und Sachen zusammensuchten, rief er durch diesen Lärm hindurch:

„Wiederkommen, Morgen früh, wenn es Tag wird, oder ich werde Euch — hört Ihr, wiederkommen, zeitig, Ihr Kleinen, Mädchen und Knaben, damit wir fleißig sein können!"

## IV.

Von der Zeit bis ein Jahr vor der Confirmation ist nun von Eiwind nicht viel zu erzählen.

Er las des Morgens, arbeitete am Tage und spielte des Abends.

Da er ein frisches, fröhliches Gemüth besaß, so sammelte sich gern die Jugend aus den nächsten Gehöften und Häusern in ihren Freistunden dort, wo sie ihn zu finden wußte. Dieser Versammlungs= und Spielplatz war der große Abhang, der von dem See aus am „Platze" wo das elterliche Haus lag, sich zwischen Berg und Wald erstreckte, und während des Winters war hier bei gutem Wetter jeden Abend und jeden Sonntag Schlittenfahrt für die ganze Jugend der Dorfschaft, die sich dann mit ihren Handschlitten hier zusammenfand.

Eiwind war Herr und Meister des Berges, er besaß zwei Handschlitten, einen großen und einen kleineren, den ersteren verlieh er oft an andere Knaben, den letzteren lenkte er selbst und hatte dabei Marit auf dem Schooße.

Um diese Zeit versäumte Eiwind keinen Morgen, sogleich beim Erwachen nach dem Wetter zu schauen, ob es Frost oder Thauwetter sei, und sah er, daß der Nebel über das Gebüsch auf der andern Seite des See's hing, oder hörte er es träufeln vom Dache herab, so ging es recht langsam mit dem Anziehen, als wenn an dem Tage Nichts zu verrichten wäre.

Erwachte er aber, und namentlich an einem Sonntage mit Frost und klarem Wetter und ohne Arbeit, nur Katechisation oder Kirchenbesuch am Vormittage, und zwar in dem Sonntagsstaat, den ganzen Nachmittag und Abend frei, — hei! da sprang er mit einem Satz aus dem Bette, fuhr in die Kleider, als wenn Feuerlärm wäre und nahm' sich kaum Zeit, sein Frühstück zu verzehren.

Wenn dann der Nachmittag herankam, und der erste Knabe sich auf dem Wege auf seinen Schneeschuhen blicken ließ, den Springstock hoch über sich schwingend und jobelnd, daß es aus allen Felsenklüften rings um den See widerhallte, und nun ein Knabe nach dem andern mit seinem Schlitten ankam — da sprang auch Eiwind mit seinem Schlitten den Berg hinan und blieb erst oben auf dem Berge bei den letzten Ankömmlingen mit einem langen lauten Hurrah, das weit hin schallte, stehen.

Er schaute sich dann wohl nach Marit um, war sie aber erst da, so kümmerte er sich nicht weiter um sie.

Dann kam aber ein Weihnachten, als Eiwind und Marit jedes sechzehn bis siebzehn Jahre alt waren, und Beide den darauf folgenden Frühling confirmirt werden sollten.

Am vierten Weihnachtfeiertag fand ein großes Gelage auf dem Haidehof bei Marit's Großeltern statt, bei welchen sie erzogen war, und die ihr dieses Gelage schon drei Jahre lang versprochen hatten, jetzt endlich ihr Versprechen einlösen mußten. Eiwind wurde eingeladen.

Es war ein halbklarer nicht kalter Abend, keine Sterne waren am Himmel zu sehen, Tags darauf müsse es Regen geben. Ein matter Wind strich über den Schnee, der hier und da von den Feldern hinweg geweht war; an anderen

Stellen hatte er sich in scharfkantigen Wehen zusammen ge=
thürmt. Längs des Weges, wo kein Schnee lag, waren
Eisschollen, und solche zogen sich auch blauschwarz zwischen
dem Schnee und dem unbedeckten Feld hindurch, und glitzerten
weit hin. Am Fuß der Felsen zogen sich oft lange Striche
herabgestürzter Erdmassen finster dahin, aber zu beiden Seiten
derselben lag wieder der weiße Schnee, wenn nicht der Birken=
wald sich enger zusammenzog und die Landschaft finster machte.
Wasser war nicht zu sehen, aber halbnackte Sümpfe streckten
sich bergeinwärts unförmlich und zerrissen. Die Gehöfte
lagen wie in großen finstern Knäueln auf der Fläche umher
gestreut; in der winterlichen Finsterniß schossen Lichtstreifen
von ihnen über das Feld hinaus, bald aus diesem bald aus
jenem Fenster; an den Lichtern schien es, als seien die Leute
drinnen emsig beschäftigt.

Die Jugend, die erwachsene und halberwachsene, kam
heran aus verschiedenen Richtungen; Wenige gingen auf dem
geebneten Wege oder verließen jedenfalls denselben, wenn sie
in die Nähe des Gehöftes kamen, alsdann schlichen sie sich heran;
Einer hinter den Viehstall, einige Andere hinter das Vorraths=
haus; wiederum Andere versteckten sich hinter der Scheune
und schrieen wie die Füchse. Einige antworteten von weitem
her wie Katzen. Einer stand hinter dem Backhaus und bellte
wie ein alter bissiger Hund, bis endlich ein allgemeines Jagen
begann.

Die Mädchen kamen in Schaaren heran, meist begleitet
von halberwachsenen Burschen, die sich längs des Weges
schlugen und balgten, um sich die Miene zu geben, als seien
sie schon erwachsene Knechte. Wenn so eine Mädchenschaar
auf dem Gehöfte anlangte, und irgend einer von den erwachsenen

Burschen sie zu Gesicht bekam, trennte die Schaar sich und die Mädchen liefen in's Haus in die langen Gänge dort, oder in den Garten hinaus, von wo man sie dann eins nach dem andern herein holen mußte. Einige waren gar so blöde, daß nach Marit mußte gesandt werden, und diese kam dann heraus und bat und nöthigte sie sehr, einzutreten. Es geschah auch, daß Einer anlangte, der nicht eingeladen war und der gar nicht die Absicht hatte, hineinzugehen, sondern blos zusehen wollte bis es vielleicht so käme, daß er doch einen einzigen Tanz mit= machen könne.

Die Gäste, die nun Marit gut leiden mochte, führte sie zu den alten Leuten in die Stube ein, wo Großvater saß und Tabak schmauchte, und Großmutter geschäftig umher ging; hier wurde ihnen dann eingeschenkt und sie überhaupt auf's Beste empfangen. Eiwind befand sich nicht unter diesen, und das kam ihm etwas sonderbar vor.

Der neue Spielmann der Dorfschaft konnte erst später kommen, so daß man sich bis dahin mit dem alten, einem Häusler, der Graubart genannt wurde, behelfen mußte. Er konnte nur vier Tänze spielen, nämlich zwei Springtänze, einen Halling und einen sogenannten alten Napoleonswalzer; aber er hatte doch allmälig den Halling in einen schottischen Walzer durch Ver= änderung des Taktes verwandeln müssen, und ein Spring= tanz war in derselben Weise in eine Pollamazurka umgemodelt worden. Er spielte nun auf und der Tanz begann.

Eiwind wagte anfangs nicht sich beim Tanzen zu be= theiligen, weil hier zu viel Erwachsene waren; allein die Halberwachsenen thaten sich alsbald zusammen, schoben sich gegenseitig vor, tranken starkes Bier, die Courage zu unter= stützen, und so kam auch Eiwind zum Tanzen; heiß war es im Zimmer geworden, das Bier und die Freude stiegen ihnen zu Kopfe.

Marit tanzte diesen Abend fast in Einem fort, wahrscheinlich weil das Gelage bei ihren Großeltern stattfand, und Eiwind verfolgte sie deshalb oft mit seinen Blicken, allein immer tanzte sie mit Andern. Da er auch gern mit ihr tanzen wollte, so blieb er einen Tanz über sitzen, damit er sofort, wenn derselbe endigte, zu ihr herantreten könnte, und so that er denn auch, — aber ein großer schwarzer Bursche mit starkem Haar vertrat ihm den Weg.

„Weg da! Gelbschnabel!" rief dieser Eiwind zu und versetzte ihm einen Knuff, daß er beinahe rücklings auf Marit hingefallen wäre. — So etwas war ihm noch nie geschehen, die Leute waren immer freundlich mit ihm gewesen, und geknufft und gescholten hatte man ihn noch nie, wenn er mit sein wollte; er wurde über und über roth, aber er sagte nichts, sondern zog sich schweigend in den Winkel zurück, wo der neue Spielmann, der gerade angelangt war, sich niedergelassen hatte und nun seine Fiedel stimmte.

Es trat eine Pause ein, und Geplauder und Jubeln verstummte, in Erwartung die ersten kräftigen Töne von „dem rechten Manne" zu vernehmen. Er stimmte und probirte indem er über die Saiten strich, er nahm sich Zeit, aber endlich legte er los mit einem Springtanz; die Bursche jubelten auf und sprangen hervor, und ein Paar nach dem andern tanzte in den Kreis hinein.

Eiwind sieht Marit an, wie sie da mit dem Burschen mit dem starken Haar tanzt, sie lachte über die Schulter desselben hinweg, daß ihre weißen Zähne zum Vorschein kommen, und

Einvind empfand zum ersten Male in seinem Leben einen sonderbaren stechenden Schmerz in der Brust.

Er schaute sie wieder und immer wieder an, aber wie er auch sah, so war es ihm, als sei Marit ganz erwachsen; es kann aber doch nicht so sein, denn sie fährt ja noch Schlitten mit uns. Aber erwachsen war sie doch, und der Mann mit dem starken Haar zog sie noch, als der Tanz zu Ende war, auf seinen Schooß; sie wand sich zwar los von ihm, aber sie blieb doch neben ihm sitzen.

Einvind warf jetzt einen Blick auf den Mann, dieser trug seine blaue Kleider von Tuch, ein blaugestreiftes Hemde und ein seidenes Halstuch; er hatte ein kleines Gesicht, blaue glänzende Augen, einen lachenden, trotzigen Mund, er war hübsch. Einvind blickte ihn immer wieder an, sah endlich auch sich selbst an; er hatte zu Weihnachten ein neues Beinkleid bekommen, über das er sich sehr gefreut hatte, aber jetzt sah er wohl, daß es nur aus grauem Fries gemacht war; seine Jacke war von demselben Stoff, aber alt und dunkel, die Weste von glattem Baumwollenzeug mit gewürfeltem Muster und mit zwei Metallknöpfen und einem schwarzen Knopf. Er schaute um sich, und es schien ihm, daß Wenige so schlecht gekleidet waren als gerade er. Marit trug ein schwarzes Kleid von feinem Zeug, hatte eine Busennadel im Halstuch und ein zusammengelegtes seidenes Tuch in der Hand. Auf dem Hinterkopfe trug sie eine kleine schwarze seidene Mütze, die unter dem Kinn mit großen geränderten seidenen Bändern befestigt war. Sie war roth und weiß, sie lachte; der Mann sprach mit ihr und lachte; es wurde wieder aufgespielt und die Beiden tanzten wiederum.

Ein Kamerad trat zu Einvind und setzte sich neben ihn.

„Warum tanz'st Du denn nicht, Eiwind?" frug er.

„Ach nein," antwortete Eiwind, „ich sehe nicht darnach aus."

„Sehe nicht darnach aus?" frug der Kamerad; aber ehe er noch weiter fragen konnte, sagte Eiwind:

„Wer ist der in den blauen Tuchkleidern, der mit Marit tanzt?"

„Das ist John Hatlen, der so lange in der landwirth= schaftlichen Schule war, er ist wieder hier und soll jetzt das Gehöft übernehmen."

„In diesem Augenblick setzten Marit und John sich nieder.

„Wer ist der blonde Bursche, dort neben dem Spielmann, der mich immerfort anglotzt?" frug John.

Da lächelte Marit und antwortete: „Das ist der Häusler= bursche hier unten am See."

Eiwind hatte freilich immer gewußt, daß er ein Häusler= bursche war; aber er hatte es bis zu diesem Augenblick noch nie empfunden. Es war ihm, als wäre er plötzlich recht klein, weit kleiner als alle Andere geworden; um sich aufrecht zu erhalten, mußte er versuchen, an all' Das zu denken, was ihn bis jetzt fröhlich und stolz gemacht hatte, an die Eisbahn und an jedes einzelne Wort, das ihn erhoben hatte. Als seine Gedanken sich auch auf seine Eltern lenkten, die zu Hause saßen und meinten, er habe es gut hier, konnte er nur mit Mühe die Thränen zurückhalten. Um ihn lachten und scherzten Alle, die Fidel klang ihm in's Ohr dicht an seiner Seite, einen Augenblick war ihm, als erhebe sich etwas Finsteres in seinem Innern; aber dann kam ihm die Erinnerung an die Schule mit alten Kameraden und dem Schulmeister, der ihn streichelte, und dem Pastor, der ihm bei dem letzten Examen

Ein frischer Bursche.

ein Buch geschenkt und gesagt hatte: er sei ein flinker Bursche; sein Vater hatte dabei gesessen und es gehört, und zu ihm herüber gelächelt. Da war' es ihm, als sei plötzlich der Schulmeister bei ihm: „Sei gut und brav, Du, Eiwind," hörte er gleichsam den Schulmeister sagen, indem er auf dessen Schooße saß, wie damals, als er noch ein kleiner Knabe war. „Du lieber Gott, es ist Alles gar wenig werth, und eigentlich sind alle Menschen gut und brav, es sieht nur so aus, als wären sie es nicht. Wir Beide, Eiwind, werden schon tüchtige Leute werden, ebenso tüchtig wie John Hatlen; wirst schon gute Kleider bekommen, und mit Marit in einer großen hellen Stube tanzen. Hunderte von Menschen werden da sein und lächeln und plaudern, — Kirche und Glockengeläut', — zwei Brautleute, — der Prediger, — und ich im Chore oben, ich lächle zu Dir hinüber, — und die Mutter, — und ein großes Gehöft, zwanzig Kühe, drei Pferde und Marit gut und freundlich wie in der Schule...."

Der Tanz war zu Ende; Eiwind sah Marit sich gegenüber sitzen und John Hatlen neben ihr, sein Gesicht dicht neben dem ihrigen; er fühlte wieder den stechenden Schmerz in der Brust, und es war als sagte er zu sich selbst: es ist ja wahr, ich bin unwohl.

Da erhob Marit sich, und sie ging gerade auf ihn zu. Sie neigte sich über ihn herab und sagte:

„Du darfst nicht so da sitzen und mich so bös anstarren: Du wirst einsehen, daß die Leute es merken; nimm Dir Eine zum Tanze heraus."

Er antwortete nichts, er sah sie nur an, aber er konnte nichts dafür, daß ihm die Augen voll Thränen kamen.

Sie hatte sich schon erhoben um wieder zu gehen, da bemerkte sie diese Thränen und blieb stehen; sie wurde plötzlich feuerroth im Gesicht, wandte sich ab und ging nach ihrem früheren Platz hin, allein, dort angelangt, wandte sie sich wieder um und setzte sich anderswo hin. John ging ihr sofort nach.

Eiwind stand nun auf, mischte sich unter die Leute, ging aus dem Hause auf den Hof hinaus, setzte sich dort in einen offnen Schuppen, wußte dann nach einer Weile nicht, was er da sitzen wollte, stand auf, setzte sich aber wieder, denn er konnte ja eben so gut da sitzen wie anderswo. Nach Hause gehen mochte er nicht, wieder hinein gehen mochte er auch nicht, ihm war Alles zuwider. Er vermochte nicht recht das, was geschehen war, in seinem Gedächtniß zu sammeln, er mochte nicht daran denken; weiter, in die Zukunft denken mochte er auch nicht, denn er hatte nach gar Nichts Sehnsucht.

Aber, woran denke ich denn eigentlich? frug er sich selbst halblaut, und als er so seine eigene Stimme gehört hatte, dachte er: sprechen kannst Du noch, — ob Du auch lachen kannst? — Und er versuchte es; freilich konnte er lachen, und so lachte er, laut, noch lauter, und da schien es ihm, es sei zu spaßhaft, daß er dasäße und ganz allein lache, und so lachte er wieder.

Hans aber, der Kamerad, der neben ihm in der Stube gesessen hatte, war ihm nachgegangen und stand nun plötzlich vor ihm. „Aber, um Gottes Willen! worüber lachst Du?" frug er. Da hielt Eiwind inne.

Hans blieb stehen, als harre er Dessen, was weiter kommen werde. Eiwind stand auf, schaute sich vorsichtig um, und sagte darauf zu Hans:

„Jetzt will ich Dir sagen, Hans, weshalb ich früher so fröhlich und frischen Muthes gewesen; deshalb weil ich Niemand so recht lieb hatte; aber von dem Tage an, daß wir Jemand lieb haben, sind wir nicht mehr fröhlich." — und er brach in Thränen aus.

„Eiwind!" flüsterte es draußen auf dem Hofe, „Eiwind!" Er blieb stehen und lauschte.

„Eiwind!" hieß es noch einmal, etwas lauter.

Es mußte Die sein, die er meinte.

„Ja!" antwortete er gleichfalls flüsternd, trocknete sich schnell die Thränen und trat hervor.

Da sah er eine Frauengestalt leisen Trittes über den Hof auf ihn zu kommen.

„Bist Du da?" frug sie.

„Ja!" antwortete er und blieb stehen.

„Wer ist bei Dir?" frug sie.

„Hans ist bei mir."

Hans wollte sich entfernen; „Nein, nein!" bat Eiwind.

Sie kam nun näher an die Beiden heran, aber langsam, und es war Marit.

„Du gingst so schnell fort," sagte sie zu Eiwind.

Er wußte nicht, was er hierzu sagen sollte. Darob wurde auch sie verlegen, alle Drei schwiegen. Aber Hans schlich sich von dannen. Die Beiden waren allein, aber sie sahen sich nicht an, rührten sich auch nicht. Endlich sagte sie flüsternd:

„Ich habe den ganzen Abend etwas für Dich in der Tasche gehabt, Eiwind, aber ich habe nicht dazu kommen können, es Dir zu geben." Und sie zog einige Aepfel, ein Stückchen Kuchen und eine kleine Flasche hervor, die sie ihm zusteckte und sagte: er solle es nehmen.

Eiwind nahm es. „Schön Dank!" sagte er und reichte

ihr die Hand; ihre Hand war heiß, und er ließ sie sofort fahren, als habe er sich verbrannt.

„Du hast heut' Abend viel getanzt," sagte er.

„Ja, freilich," sagte sie; „aber Du hast so gut wie gar nicht getanzt," fügte sie hinzu.

„Nein, freilich," antwortete er.

„Warum aber nicht?"

„Oh ...."

„Eiwind!"

„Ja!"

„Warum saßest Du da und blicktest mich so an?"

„Oh, ich .... — Marit!"

„Ja!"

„Warum durfte ich Dich nicht ansehen?"

„Da waren so viele Menschen."

„Du hast heut' Abend viel mit John Hatlen getanzt."

„Ja—a!"

„Er tanzt gut."

„Meinst Du das?"

„Meinst Du es nicht?"

„Oh ja!"

„Ich weiß nicht wie es kommt, aber ich kann es heut' Abend nicht leiden, daß Du mit ihm tanzest, Marit;" und er wandte sich von ihr ab, es hatte ihn Anstrengung gekostet, dies zu sagen.

„Ich verstehe Dich nicht, Eiwind," sagte Marit.

„Ich verstehe es ja selber nicht; es ist zu dumm von mir. Gute Nacht, Marit, ich will jetzt nach Hause gehen." Und er that einen Schritt ohne sich umzusehen.

Da rief sie ihm nach: „Du irrst Dich in dem, was Du gesehen hast, Eiwind."

Er blieb stehen und antwortete: „Daß Du schon ein erwachsenes Mädchen bist, darin irre ich mich nicht."

Das war nicht die Antwort, die sie vorausgesetzt hatte, und deshalb schwieg sie zu derselben; aber unterdeß erblickte sie den Feuerschein aus einer Tabakspfeife dicht vor ihr, — es war ihr Großvater, der gerade herankam. Derselbe blieb stehen und frug:

„Hier also bist Du, Marit?"

„Ja!"

„Mit wem sprichst Du?"

„Mit Eiwind."

„Mit wem, sagst Du?"

„Mit Eiwind unten vom See."

„Ah, mit dem Häuslerburschen; — komm und gehe gleich mit mir hinein."

## V.

Als Eiwind am folgenden Morgen die Augen aufschlug, hatte er einen langen erquickenden Schlaf genossen und glückliche Träume gehabt. Marit habe auf dem Berge gelegen und Laub auf ihn herabgeworfen, er habe es aufgefangen und wieder hinaufgeworfen, es war hin und hergegangen in tausend Farben und Figuren; die Sonne glänzte und der ganze Berg glänzte und flimmerte.

Indem er erwachte, blickte er um sich, um Alles wieder zu finden; da erinnerte er sich des gestrigen Tages, und derselbe stechende Schmerz in der Brust wie in einer offenen Wunde, begann von Neuem. „Diesen werde ich wohl nie wieder los," dachte er; es überkam ihn eine Mattigkeit und Schlaffheit, als entfiele ihm die ganze Zukunft.

„Nun hast Du lange geschlafen," sagte die Mutter, die neben seinem Lager saß und spann. „Steh' jetzt auf und frühstücke. Dein Vater ist schon im Walde und fällt Holz."

Es war als käme ihm diese Stimme zu Hilfe und flöße ihm Muth ein, und er erhob sich schnell.

Die Mutter mochte wohl an die Zeit denken, als sie selbst getanzt hatte, denn sie saß da und trällerte beim Spinnrocken, während er sich ankleidete und frühstückte; aber deshalb mußte er auch vom Tische aufstehen und an's Fenster gehen: die vorige Schwermuth und Unlust überkam ihn wieder und legte sich drückend auf ihn; er mußte sich zusammennehmen und an Arbeit denken.

Das Wetter war umgeschlagen, die Luft war etwas kälter geworden, der Nebel, der gestern auf Regen gedeutet, fiel heute als nasser Schnee herab. Er zog Schneesocken, eine Seemannsjacke und wollene Fausthandschuhe an, setzte sich eine Pelzmütze auf, sagte seiner Mutter Lebewohl und ging von dannen, die Axt über die Schulter geworfen.

Der Schnee fiel langsam herab in großen nassen Flocken; er schritt den Berg hinan, der Sonntags als Schlittenbahn diente, um links in den Wald einzubiegen. Niemals früher, Winter oder Sommer, war er diesen Weg gegangen, ohne daß er sich irgend Etwas erinnert hätte, das ihn fröhlich gestimmt, oder nach welchem er sich sehnte. Jetzt war es ein todter, schwerer Weg, er glitt aus in dem nassen Schnee, ihm waren die Knie steif, ob von dem gestrigen Tanzen, oder infolge der Unlust am Leben, jetzt fühlte er, daß es mit der Schlittenbahn heuer und vielleicht für immer ein Ende habe. Sein Sinn stand nach etwas Anderm, als er jetzt in den Wald einbog und zwischen den Baumstämmen dahin schritt wo der Schnee schweigend herabfiel, wo nur dann und wann ein aufgeschrecktes Schneehuhn schreiend eine Strecke dahin flatterte, sonst Alles dastand als harre es eines Wortes, das nimmer gesprochen werde. Allein sein eigenes Sehnen vermochte er sich nicht recht klar zu machen, nur das wußte er, daß er sich nicht nach Hause sehne, auch nicht fort, nicht nach Tanz und Spiel, nicht nach Arbeit, es war etwas Höheres, ein Streben, welches über dem gewöhnlichen täglichen Leben lag. Allmälig sammelte diese Sehnsucht sich in einen bestimmten Wunsch, den nämlich, den kommenden Frühling confirmirt zu werden und Nummer Eins unter den Confirmanden zu erlangen. Seine Brust hob sich bei diesen Gedanken, und ehe er noch die Art des Vaters in den zitternden kleinen Baumstämmen klingen hören konnte, begeisterte er sich für jenen Wunsch wie noch für keinen in seinem Leben.

Der Vater sprach in der Regel nicht viel mit ihm; Beide fällten Holz und trugen es in Haufen zusammen. Dann und wann begegneten sie sich bei dieser Arbeit, und bei einer solchen Begegnung sagte Eiwind:

„Ein Häusler muß sich recht abäschern."

„Er wie Andere," sagte der Vater, spuckte in die Hand und faßte die Axt an.

Als der Baum gefällt war und der Vater ihn im Falle weiter zog, sagte Eiwind:

„Hättest Du ein großes Gehöft, so würdest Du nicht so sehr arbeiten."

„Aber dann würde ich schon andere Lasten und Sorgen haben," sagte der Vater und faßte den Baumstamm mit beiden Händen an.

Die Mutter brachte ihnen Mittagsessen. Sie war fröhlich gestimmt, saß da und trällerte und schlug die Füße zusammen im Takt.

Plötzlich sagte sie: „Was wirst Du denn thun, Eiwind, wenn Du groß wirst?"

„Ein Häuslerjunge hat nicht viele Wege zu wählen," antwortete er.

„Der Schulmeister sagt, Du mußt auf's Seminar," sagte sie.

„Kann man denn dort frei ankommen?" frug Eiwind.

„Die Schulkasse bezahlt," schaltete der Vater ein, der noch dasaß und aß.

„Möchtest Du denn auf's Seminar?" frug die Mutter.

„Ich möchte wohl Etwas lernen, aber Schulmeister möchte ich nicht sein."

Sie schwiegen nun eine Weile; die Mutter trällerte wieder und schaute vergnügt d'rein.

Eiwind ging eine kleine Strecke weg und setzte sich für sich.

„Wir brauchen denn nicht gerade bei der Schulkasse zu leihen," sagte die Mutter, als Eiwind sich entfernt hatte.

„Arme Leute, wie wir sind," sagte der Mann und sah sie an.

„Es gefällt mir gar nicht, Thore, daß Du Dich immer so arm stellst, ohne es zu sein." —

Beide warfen nun einen Blick auf Eiwind, ob er wohl gehört habe, was sie sprachen.

Darauf sah der Mann die Frau scharf an und sagte:

„Du sprichst wie Du's verstehst?"

Sie lächelte, indem sie bemerkte:

„Es ist gerade als dankten wir Gott nicht dafür, daß es uns gut geht."

Und jetzt sah sie sehr ernst aus.

„Ihm kann man schon danken, wenn man auch keine silbernen Knöpfe trägt," meinte der Mann.

„Freilich, aber so wie Eiwind gestern zum Tanze gekleidet ging, dankt man ihm auch nicht."

„Eiwind ist der Sohn eines Häuslers."

„Deshalb kann er schon anständig gekleidet sein, wenn wir die Mittel haben."

„Ja, sag' das nur, daß er es selbst hört."

„Er hört es nicht; aber ich hätte Lust es ihm zu sagen," meinte die Frau und blickte den Mann herausfordernd an.

Dieser warf ihr einen finstern Blick zu, legte den Löffel beiseit und stopfte seine Pfeife.

„Bei der kleinen, schlechten Häuslerstelle, die wir haben" — — fiel er darauf ein.

„Ich muß lachen, daß Du immer von dem Hause sprichst; warum sprichst Du nicht von der Mühle?"

„Ach was, Du und die Mühle; ich glaube, Du verträgst es nicht, daß sie geht."

„Ja, Gott sei Lob und Dank, wenn sie nur Tag und Nacht gehen wollte."

„Jetzt steht sie schon seit vor Weihnachten still."

„Die Leute mahlen denn doch nicht während der Feiertage!"

„Sie mahlen, wenn Wasser da ist; aber seitdem sie auch an dem andern Wasser ein Mühlwerk haben, geht es flau."

„Der Schulmeister war heute anderer Meinung."

„Ich werde Einem unsere Geldsachen übergeben, der etwas schweigsamer ist als der Schulmeister."

„Ja, freilich hätte er das zuletzt Deiner eigenen Frau sagen sollen."

Thore antwortete hierauf nicht, er hatte gerade die Pfeife angebrannt, lehnte sich nun an ein Bündel Reißig und weil er den Blick sowohl der Frau als des Sohnes scheute, heftete er den seinigen auf ein altes Krähennest, das ihm gegenüber an einem Fichtenzweig hing.

Eiwind saß für sich; die Zukunft lag vor ihm wie ein langes, blankes Eis, auf welchem er zum ersten Male in voller Fahrt von einem Strand zum andern dahin fuhr. Daß die Armuth ihn nach allen Seiten hin einzwängte, das fühlte er, allein deshalb ging auch sein ganzes Sinnen darauf aus, an der Armuth vorbei zu gelangen. Von Marit habe sie ihn wohl für immer getrennt, sie betrachtete er, als wäre sie John Hatlen schon halbwegs versprochen, aber all' sein Gedanke war, mit ihm und ihr durch's ganze Leben um die Wette zu laufen; nie wieder geknufft zu werden, wie gestern, sich deshalb zurückzuhalten, bis er Etwas sei, und mit Gott des Allmächtigen Hilfe auch Etwas werden — das war sein Gedanke, und kein Zweifel kam ihm, daß es ihm gelingen werde. Ein dunkles Gefühl sagte ihm, daß er sein Ziel am besten durch Lesen und Lernen erreichen würde; wo und wie das Ziel beschaffen, müsse sich später ergeben.

Nachmittags war Schlittenbahn, die Kinder kamen auf den Berg, aber Eiwind blieb in der Stube. Er saß am Herde dort und las, und er hatte keinen Augenblick zu verlieren.

Die Kinder harrten seiner lange, allmälig wurde eins und das andere ungeduldig, trat an das Haus heran, legte das Gesicht an die Fensterscheibe und rief hinein; aber er that, als wenn er sie nicht höre.

Die folgenden Nachmittage und Abende kamen sie wieder, sie gingen draußen vorüber und wunderten sich sehr; aber er kehrte ihnen den Rücken zu, las und hatte sehr zu kämpfen, Das zu sammeln, was er las. Später erfuhr er, daß Marit auch nicht mehr zum Spielen komme. Er las mit einem Fleiß, von dem selbst der Vater sagen mußte, daß er denselben zu weit treibe. Er wurde ernst, das Gesicht, welches rund und weich gewesen, wurde mager und scharf, das Auge hart, selten sang er mehr, nie spielte er, es war ihm als reiche die Zeit nicht aus. Wenn die Versuchung ihm zusetzte, war es, als flüsterte Jemand ihm zu: „später, später!" und immer: „später!"

Die Kinder liefen, riefen und lachten eine Weile wie ehedem; da sie ihn aber nicht herauslocken konnten, weder durch die lustigsten Schlittenfahrten, noch durch ihr Geschrei am Fenster, wo sie noch immer das Gesicht an die Scheibe legten, blieben sie allmälig weg; sie fanden andere Spielplätze, und bald stand der Berg leer.

Allein der Schulmeister bemerkte auch bald, daß es nicht derselbe Eiwind war, der las, weil es sich gerade so fügte, und spielte, weil er es nicht lassen konnte. Er sprach oft mit ihm, lockte und forschte; aber es wollte ihm nicht gelingen, das Herz des Knaben so leicht wie in früheren Tagen zu finden. Er sprach auch mit den Eltern, und nach einem Gespräch mit diesen trat er eines Sonntags Abends gegen Ende des Winters bei ihnen ein. Nachdem er eine Weile gesessen hatte, sagte er:

„Komm, Eiwind, Du könntest mich begleiten, ich möchte ein wenig mit Dir plaudern."

Eiwind zog sich an und folgte dem Schulmeister. Sie gingen über's Feld in der Richtung nach den Haidehöfen, das Gespräch ging gut, aber von gleichgiltigen Gegenständen; als sie in die Nähe der Höfe kamen, bog der Schulmeister etwas seitwärts und ging auf einen Hof zu, von welchem sie, als sie näher kamen, Lachen und lustiges Toben vernahmen.

„Was giebt's hier?" frug Eiwind.

„Hier ist Tanz," sagte der Schulmeister, „komm, wir wollen hineingehen!"

„Nein, nein!"

„Was, Junge, Du wolltest nicht mit zum Tanze gehen?"

„Nein, noch nicht."

„Noch nicht? Wann denn?"

Eiwind schwieg zu dieser Frage.

„Was soll das heißen: noch nicht?"

Als Eiwind noch nicht antwortete, sagte der Schulmeister:

„Was sind das für Einfälle! So komm doch!"

„Nein, ich gehe nicht hinein!" sagte Eiwind nun, und zwar in sehr bestimmtem Ton und dazu sichtlich aufgeregt.

„Daß Dein eigener Schulmeister hier stehen soll und Dich bitten, mit zum Tanze zu gehen! — Ist Jemand drinnen, den Du zu sehen Dich fürchtest?"

„Ich weiß ja gar nicht, wer drinnen ist."

„Aber könnte vielleicht Jemand da sein?"

Eiwind schwieg.

Da trat der Schulmeister dicht an ihn heran und legte die Hand auf seine Schulter, indem er sagte:

„Fürchtest Du Dich, Marit zu sehen?"

Eiwind schlug die Augen nieder, er athmete schwer und kurz.

„Sag' es mir, Eiwind. — — Du schämst Dich vielleicht mir's zu sagen, weil Du noch nicht confirmirt bist; aber sag' mir's doch, und Du sollst es nie zu bereuen haben."

Eiwind blickte auf, allein er konnte die rechten Worte nicht finden, senkte wieder den Blick und schwieg.

„Du bist auch nicht mehr so fröhlich wie sonst," sagte nun der Schulmeister, „hat sie Andere lieber als Dich?"

Eiwind schwieg noch immer; der Schulmeister fühlte sich einen Augenblick wie gekränkt und wandte sich von ihm ab; sie gingen nun wieder zurück.

Nachdem sie eine gute Strecke gegangen waren, blieb der Schulmeister stehen, damit Eiwind ihm zur Seite kommen könne.

„Du sehnest Dich wohl, confirmirt zu werden?" frug er.

„Ja, freilich."

„Was denkst Du dann vorzunehmen?"

„Ich möchte gern auf's Seminar!"

„Um Schulmeister zu werden?"

„Nein."

„Das dünkt Dir vielleicht nicht genug?"

Eiwind schwieg. Sie gingen noch eine Strecke.

„Wenn Du auf dem Seminar gewesen bist, was willst Du dann vornehmen?"

„Darüber habe ich nicht recht nachgedacht."

„Wenn Du Geld hättest, möchtest Du Dir wohl ein Bauerngut kaufen?"

„Ja, aber ich möchte die Mühle behalten."

„Dann wäre es am besten, Du gingest in die landwirthschaftliche Schule."

„Lernen sie dort so viel wie auf dem Seminar?"

„Das wohl nicht, aber sie lernen was ihnen später im praktischen Leben dient."

„Bekommen die Zöglinge dort auch eine Nummer?"

„Eine Nummer? Weshalb fragst Du so?"

„Ich möchte gern recht flink sein."

„Das kannst Du auch ohne Censur und Nummer werden."

Sie schritten wieder schweigend neben einander her, bis sie an den Platz gelangten, wo das elterliche Haus Eiwinds stand; das Licht in der Stube warf seinen Schein aus den Fenstern weit hin, der Berg ragte jetzt in der Winterdecke finster über den Ort hinaus, der See lag dort unten mit blankem blitzenden Eis, um die kleine Bucht rankte sich der Wald, aber ohne Schnee, der Mond warf seine Strahlen über die Landschaft und spiegelte den Wald im Eise wider.

„Hier ist schön sein auf diesem Platz," sagte der Schulmeister.

Eiwind war manchmal in der Stimmung, daß er den Ort mit denselben Augen betrachten konnte, mit welchen er dreingeschaut, als die Mutter ihm noch Märchen erzählt hatte, oder als er noch den Berg auf seinem Schlitten herabfuhr; er sah ihn jetzt so, Alles schien ihm schön und klar.

„Ja, hier ist's schön," sagte er, aber er seufzte dabei.

„Dein Vater hat sich mit diesem Platz begnügt, Du könntest Dich auch mit ihm zufrieden geben," sagte der Schulmeister. Er blieb bei diesen Worten stehen, als harre er einer Antwort, da ihm aber keine solche ward, schüttelte er den Kopf und trat mit Eiwind in das Haus.

Hier ließ er sich eine Weile nieder bei den Leuten, war aber mehr schweigend als redend, wodurch denn auch die Andern schweigsam wurden.

Als er das Haus verließ, gaben sowohl der Mann als die Frau ihm das Geleite, es war als setzten Beide voraus, daß er ihnen Etwas zu sagen habe. Sie blieben indeß stehen und schauten hinaus in den Winterabend.

„Hier ist es," sagte endlich die Mutter, „recht ungewöhnlich still geworden, seitdem die Kinder mit ihren Spielen weggezogen sind."

„Ihr habt auch kein Kind länger im Hause," antwortete der Schulmeister.

Die Mutter verstand schon, was er damit meinte.

„Eiwind ist nicht recht froh seit einiger Zeit," sagte sie.

„Freilich, Der, welcher ehrgeizig ist, ist nicht froh," sagte der Schulmeister, und schaute mit der Ruhe des alten Mannes in Gottes stillen Himmel hinauf.

## VI.

Ein halbes Jahr später, im Herbst nämlich (die Confirmation war bis dahin ausgesetzt geblieben), saßen die Confirmanden des Hauptkirchspiels in der Gesindestube des Predigers, wo sie sich an dem Tage gesammelt hatten, um ausgewählt zu werden; unter ihnen befanden sich auch Eiwind vom See und Marit Haidehof.

Marit war gerade aus dem Studirzimmer des Predigers hierher zurückgekehrt; sie hatte viel Lob geerntet und ein schönes Buch geschenkt bekommen. Sie lachte und plauderte nach allen Seiten hin mit ihren Freundinnen und blickte auch nach den Knaben hinüber.

Marit war ein erwachsenes Mädchen, leicht und frei in ihrem Benehmen, und sowohl die Knaben als die Mädchen wußten alle, daß der reichste Bursche der Dorfschaft, John Hatlen, bei ihr auf die Freite ging; sie habe leicht fröhlich zu sein.

Unten an der Thüre standen einige Mädchen und Knaben, die bei der Prüfung durchgefallen waren; sie weinten, während Marit und ihre Freundinnen lachten; unter diesen befand sich auch ein kleiner Bursche in den Stiefeln seines Vaters und angethan mit dem Sonntagsumschlagetuch seiner Mutter. „Gott, o Gott!" seufzte er, „ich darf nicht wieder nach Hause kommen." Und dieser Ausbruch ergriff Alle, die noch nicht geprüft waren, mit der Macht des gemeinschaftlichen

Mitgefühls: es entstand eine allgemeine Stille im Zimmer. Die Angst saß ihnen in der Gurgel und sprach aus ihren Augen, sie konnten nicht sicher sehen und auch nicht schlucken, und doch war es, als müßten sie immerfort schlucken.

Einer saß dort und überschlug, was er wohl eigentlich wisse, und obgleich er nur einige Stunden vorher heraus= gefunden hatte, daß er in Allem Bescheid wisse, so fand er jetzt mit derselben Sicherheit heraus, daß er gar Nichts wisse, er meinte, kaum lesen zu können.

Ein Anderer ging sein Sündenregister durch von der Zeit an, wo er sich überhaupt besinnen konnte, bis jetzt, wo er nun hier saß, und er fand es freilich gar nicht sonderbar, wenn der liebe Herrgott ihn im Stiche lasse.

Ein Dritter beobachtete alle Dinge im Zimmer, und brauchte sie in seiner Weise als Zeichen: wenn die Wanduhr, die gleich schlagen würde, nicht eher schlüge, als bis er zwanzig hergezählt habe, so werde er durchkommen; wenn Der= jenige, den er auf der Hausflur gehen hörte, der Hausknecht Lars sei, käme er durch; wenn der große Regentropfen, der dort über die Fensterscheibe langsam herabrollte, bis an den Leisten käme, werde er auch durchkommen. Die letzte und entscheidende Probe sollte die sein, ob er wohl den rechten Fuß um den linken schlingen könne, und das war ihm ganz und gar unmöglich.

Ein Vierter wußte mit Bestimmtheit, daß, wenn er in der biblischen Geschichte, über Joseph und in der Religion über die Taufe, oder von Saul oder von Jesus, oder in den zehn Geboten gefragt würde, oder von — er saß noch und prüfte sich selbst hierin, als er zum Prediger gerufen wurde.

Ein Fünfter hatte sich mit aller Macht und Liebe auf die

Bergpredigt geworfen, er war fest überzeugt, in der Bergpredigt examinirt zu werden und er sagte die Bergpredigt im Stillen für sich her, ja, er müsse hinausgehen, und draußen die Bergpredigt noch einmal durchzulesen, — da wurde er gerufen, um in den großen und kleinen Propheten examinirt zu werden.

Der Sechste dachte an den Prediger, der ein so guter, lieber Mann war und seinen Vater so gut kannte, dachte auch an den Schulmeister, der ein so liebes, freundliches Gesicht hatte, und an Gott, der so herzensgut war und so sehr vielen Leuten geholfen habe, schon vor Jacobs und Josephs Zeiten, und dachte ferner daran, daß seine Mutter und seine Geschwister zu Hause säßen und für ihn beteten, so daß er ganz gewiß durchkäme.

Der Siebente saß da und zog von Allem, was er schon zu werden sich gedacht hatte, ein gut Stück ab. Einst habe er daran gedacht, er werde es schon bis zum König bringen, einmal habe er wieder General oder Prediger werden wollen, jetzt waren diese Pläne aufgegeben; aber bis er hier Platz genommen, habe er doch noch zur See gehen, habe Capitain, vielleicht Seeräuber sein und sich ungeheure Reichthümer erwerben wollen; jetzt zog er schon erstens viel von den Reichthümern ab, dann ließ er den Seeräuber, schließlich den Capitain fallen, und ging nun abwärts bis zum Steuermann und Matrosen, höchstens Bootsmann, meinte er nun, ja es sei gar möglich, er gehe gar nicht zur See, sondern bleibe bei seinem Vater als Bauer daheim.

Der Achte war seiner Sache gewisser, doch nicht ganz gewiß; denn selbst der Flinkste fühlte sich nicht sicher. Er dachte an die Kleider, in welchen er eingesegnet werden sollte, wozu sie wohl gebraucht werden sollten, wenn er nicht durchkäme.

Aber käme er durch, dann würde er schon zur Statt kommen, und dort würde er seine Kleider kaufen, alsdann wieder zurückkehren und zu Weihnachten tanzen und sich zeigen, allen Burschen zum Aerger, allen Mädchen zum Erstaunen.

Der Neunte rechnete anders, er richtete sich ein ordentliches kleines Conto mit dem lieben Gott ein, und auf der einen Seite als Soll schrieb er: Er wird mich durchkommen lassen, auf der andern Seite als Haben: Ich werde alsdann nicht mehr lügen, nicht Böses von Andern reden, fleißig in die Kirche gehen, die Mädchen zufrieden lassen und mir das Fluchen abgewöhnen.

Aber der Zehnte dachte: Sei Ola Hansen voriges Jahr durchgekommen, wäre es doch ein großes Unrecht, wenn er dieses Jahr nicht angenommen würde, sei er doch stets in der Schule dem Ola überlegen gewesen und überhaupt besserer Leute Kind. Neben diesem saß der Eilfte, der für den Fall, daß er zurückgewiesen würde, auf die ungeheuerlichsten Rachepläne brütete, entweder wollte er die Schule niederbrennen, oder die Gegend verlassen, und dann einmal als der strafende Richter des Predigers und des ganzen Schulcollegiums wiederkehren, aber großmüthig Gnade für Recht ergehen lassen. Er wollte Dienst bei dem Nachbarprediger nehmen, und dort in der andern Dorfschaft würde er künftiges Jahr Nummer Eins erlangen und antworten, daß die ganze Gemeinde staunen solle.

Der Zwölfte saß gerade unter der Wanduhr, hatte beide Hände in der Tasche und schaute wehmüthig über die Versammlung hinaus. Niemand hier wußte, welche Last ihn drücke, welche Verantwortung er habe. Zu Hause wäre Eine, die es wisse, denn er sei verlobt. Eine große langbeinige Spinne lief über den Fußboden und näherte sich seinem Fuße; er pflegte sonst dieses häßliche Insekt todt zu treten, aber heute hob er liebevoll den Fuß, damit es in Frieden hingehen könne, wohin es ihm beliebe. Seine Stimme war weich und einschmeichelnd wie im Gebet, seine Augen drückten fortwährend aus, daß alle Menschen gut seien, seine Hände machten eine demüthige Bewegung aus den Taschen heraus und in das Haar hinauf, um dieses glatter zu streichen. Wenn er nur durch dieses gefährliche Nadelöhr schlüpfen könne, so würde er schon auf der andern Seite wieder groß wachsen, Tabak kauen und die Verlobung öffentlich machen.

Aber unten an der Thüre saß auf einer niedrigen Fuß=
bank, mit untergeschlagenen Beinen der ruhige Dreizehnte: seine kleinen funkelnden Augen machten die Runde in der Stube, wohl drei Mal in der Secunde, und in dem großen Kopf mit dem struppigen Haar hausten alle die Gedanken der Zwölfe in bunter Verwirrung durcheinander, von der großartigsten Hoffnung bis zur zermalmenden Verzweiflung hinab, von den demüthigsten Vorsätzen bis zu den zerstörendsten Racheplänen gegen die ganze Dorfschaft, und bei alledem hatte er alles entbehrliche Fleisch an seinem rechten Daumen abgenagt, biß jetzt in die Nägel und sandte große Stücke von diesen über den Fußboden hinaus.

Eiwind saß in einem Winkel an einem der Fenster; er war schon überhört und hatte auf Alles, was er gefragt worden, Rede und Antwort gegeben; allein weder der Prediger, noch der Schulmeister hatte ihm ein Wort des Lobes gesagt; er hatte seit einem halben Jahr sich mit dem Gedanken getragen, was die Beiden wohl sagen würden, wenn sie erführen, wie und was er Alles gelesen und gelernt habe, und er fühlte sich jetzt sehr enttäuscht und zugleich gekränkt.

Da säße nun Marit, die für ungleich weniger Anstrengung und Kenntnisse sowohl Aufmunterung als Belohnung erhalten habe; gerade, um in ihren Augen groß dazustehehen, hatte er gearbeitet, und jetzt erreichte sie lächelnd das Ziel, zu dem er mit so vieler Entsagung gestrebt. Ihr Lachen und Plaudern brannte ihm wie Feuer im Herzen, die Freiheit, mit welcher sie sich bewegte, that ihm weh. Er hatte es sorgfältig vermieden, seit jenem Abend mit ihr zu sprechen; es sollten Jahre vergehen, dachte er; allein ihr Anblick, wie sie so fröhlich und überlegen dasaß, drückte ihn zu Boden, und alle seine stolzen Vorsätze hingen wie nasses Laub herab.

Er versuchte dennoch nach und nach gegen diesen Druck anzukämpfen, ihn abzuschütteln. Es käme darauf an, ob er heute Nummer Eins bekäme, und deshalb blieb er sitzen.

Der Schulmeister pflegte in der Regel nach beendetem Ueberhören eine Weile beim Prediger zu bleiben, um die Jugend zu ordnen, und wenn dies geschehen, kam er herein, um ihr das Ergebniß mitzutheilen, allerdings war dies nicht die endliche Entscheidung, aber es war doch immerhin Das, worüber er und der Prediger sich vorläufig geeinigt hatten.

Das Gespräch in der Stube wurde lebhafter, je nachdem Mehrere geprüft wurden und die Prüfung bestanden; aber allmälig begannen die Ehrgeizigen sich von den Fröhlichen abzusondern; die Letzteren verließen den Pfarrhof, sobald sie Kameraden zur Begleitung hatten, sie wollten ihren Eltern die freudige Nachricht, daß sie bestanden hätten, baldigst mittheilen, oder sie blieben noch, um erst mit Anderen zusammen zu gehen, die noch nicht überhört waren; die Ersteren, die Ehrgeizigen, dagegen wurden immer wortkarger, sprachen endlich gar nicht mehr und richteten gespannt ihre Blicke auf die Thür.

Endlich war die ganze Jugend überhört, die letzten waren schon wieder zurück in die Gesindestube, und der Schulmeister sprach also jetzt mit dem Prediger.

Eiwind warf einen Blick auf Marit; sie war ebenso fröhlich wie vorher, aber sie blieb doch sitzen, ob ihretwegen oder Anderer wegen, wußte er nicht. Wie hübsch sie geworden war! blendend weiße Haut hatte sie, wie er noch keine früher gesehen; die Nase war ein wenig aufgeworfen, der Mund lächelte. Die Augen, wenn sie nicht gerade Jemand ansah, waren halb geschlossen, aber deshalb kam auch ihr Blick mit ungeahnter Macht, wenn er kam, — und als wenn sie selbst hinzufügen wolle, daß sie Nichts mit dem Blick gemeint habe, lächelte sie stets gleichzeitig. Das Haar war eher dunkel, als hell, aber es war ein wenig gekräuselt und lag weit hervor auf beiden Seiten des Kopfes, so daß es im Verein mit den halbgeschlossenen Augen etwas Verstecktes gab, mit dem man nimmer fertig werden konnte. Mochte sie allein oder zwischen Anderen sitzen, man wußte nie mit Bestimmtheit, nach wem sie blicke, auch nicht, was sie eigentlich denke, wenn sie sich an Jemand wandte und sprach, denn sie nahm gleichsam sofort das zurück, was sie gab. Unter diesem Allem steckt wohl eigentlich John Hatlen, dachte Eiwind, aber er blickt sie doch immer wieder an.

Da kam endlich der Schulmeister herein. Jeder sprang auf und drängte sich an ihn heran.

"Welche Nummer habe ich?"

"Und ich?"

„Und ich, ich?"

„Still, still! Ihr Rangen! Keinen Lärm hier! — ruhig! Ruhig, Kinderchen, ich will es Euch sagen." Und er schaute langsam um sich.

„Du bist Nummer Zwei," sagte er zu einem Knaben mit großen blauen Augen, der ihn flehentlich anblickte, und der Knabe tanzte aus dem Kreise heraus.

„Du bist Nummer Drei," — er schlug einen rothhaarigen, rührigen kleinen Jungen auf die Schulter, der da stand und ihn an den Rock zupfte.

„Du bist Nummer Fünf, Du Nummer Acht!" u. s. w. u. s. w.

„Als er Marit erblickte, sagte er: Du bist Nummer. Eins unter den Mädchen."

Marit erröthete tief, Gesicht und Hals färbten sich, aber sie versuchte zu lächeln.

„Du hast Nummer Zwölf, Du bist faul gewesen, Du, und ein leichtsinniger Patron; Du Nummer Eilf, war nichts Besseres zu erwarten, mein Junge; — Du Nummer Dreizehn, mußt noch fleißig lernen, sonst geht es Dir schlecht, und noch einmal geprüft werden!"

Eiwind konnte es nun nicht länger aushalten; Nummer Eins war freilich nicht genannt; allein er hatte die ganze Zeit über so gestanden, daß der Schulmeister ihn sehen mußte. „Schulmeister!" — dieser hörte es aber nicht. — „Schulmeister!" — drei Mal mußte Eiwind es wiederholen, ehe der Alte ihn hörte.

Endlich sah der Schulmeister empor und blickte ihn an, indem er sagte: Nummer Neun oder Zehn, ich erinnere mich so genau nicht welche," worauf er sich an einen Andern wandte.

„Wer ist denn Nummer Eins?" frug Hans, der Eiwinds bester Freund war.

„Du bist es wahrlich nicht, Du Lockenkopf!" sagte der Schulmeister und schlug ihn über die Hand mit seiner Papierrolle.

„Wer ist es denn?" frugen Mehrere. „Ja, wer ist es? wer ist es?"

„Das wird Der schon erfahren, der die Nummer hat!" antwortete der Schulmeister streng; er wollte keine weiteren Fragen dulden.

„Geht hübsch nach Hause jetzt, Kinder," fügte er dann hinzu, danket Eurem Gott, und erfreut Eure Eltern? Danket auch Eurem alten Schulmeister; Ihr hättet schön drinnen gesessen, wie die verlornen Schafe, wäre er nicht gewesen!"

Und sie dankten ihm und lachten und zogen nun jubelnd von dannen, denn in diesem Augenblicke, wo es nach Hause zu den Eltern ging, waren sie Alle fröhlich.

Nur Einer blieb zurück, der nicht sofort alle seine Bücher zusammenfinden konnte, und der, als er sie beisammen hatte, sich wieder hinsetzte, als müsse er von Neuem anfangen aus ihnen zu lernen.

Der Schulmeister trat auf ihn zu:

„Nun, Eiwind, wirst Du nicht mit den Anderen gehen?"

Eiwind antwortete nicht.

„Weshalb blätterst Du in Deinen Büchern?"

„Ich wollte sehen, wo ich eine falsche Antwort gegeben habe."

„Du hast sicher keine falsche Antwort gegeben.

Eiwind blickte den Alten an, seine Augen füllten sich mit Thränen, er sah ihn unverwandt an, während eine Thräne

nach der andern über seine Wangen rollte, aber er sprach
kein Wort.

Der Schulmeister setzte sich ihm gegenüber.

„Freust Du Dich jetzt nicht, daß Du bestanden hast,
Eiwind?"

Eiwinds Lippen zitterten, allein er antwortete nicht.

„Deine Mutter und Dein Vater werden sich sehr freuen,"
sagte der Schulmeister und blickte ihn an.

Eiwind kämpfte lange ehe er ein Wort hervorbringen
konnte, endlich frug er mit leiser Stimme und in abgebrochenen
Worten:

„Ist es... weil ich... ein Häuslerknabe bin... daß ich
auf Nummer Neun oder Zehn stehen muß?"

„Freilich ist es deshalb," antwortete der Schulmeister.

„So hilft mir's also zu Nichts, daß ich arbeite," sprach
Eiwind mit klangloser Stimme und brach zusammen über alle
seine Träume.

Plötzlich aber erhob er seinen Kopf, streckte die rechte Hand
in die Höhe, schlug auf den Tisch mit aller Gewalt, warf sich
auf sein Gesicht und brach in heftiges Schluchzen aus.

Der Schulmeister ließ ihn liegen und weinen, recht aus=
weinen. Es währte eine Weile, aber der Schulmeister wartete
ruhig bis das Weinen kindlicher wurde. Da faßte er Eiwinds
Kopf mit beiden Händen, hob denselben ein wenig in die Höhe
und blickte in das verweinte Antlitz.

„Glaubst Du, es ist Gott, der jetzt bei Dir gewesen?"
frug er und stellte ihn freundlich sich gegenüber.

Eiwind schluchzte noch, aber kürzer, seine Thränen flossen
ruhiger, aber er wagte es nicht, Denjenigen anzusehen, der
ihn frug, und er wagte auch nicht zu antworten.

„Es ist so gekommen, Eiwind, wie Du es selbst verschuldet hast. Du hast nicht gelernt aus Liebe zum Christenthum und zu Deinen Eltern; Du hast aus Eitelkeit gelesen."

Es wurde recht still, gleichsam feierlich im Zimmer jedesmal, wenn der Schulmeister gesprochen, Eiwind fühlte, wie der Blick des alten Mannes auf ihm ruhte und er ward weich und demüthig unter diesem Blick.

„Mit solchem Zorn in Deinem Herzen, hättest Du nicht hervortreten können, um den Pact mit Deinem Gott zu schließen; hättest Du das wohl, Eiwind?"

„Nein," stammelte er, so gut er es vermochte.

„Und stündest Du da in eitler Freude, daß Du Nummer Eins hättest, stündest Du dann nicht da mit einer Sünde?"

„Ja freilich," flüsterte er mit zitternden Lippen.

„Du hast mich noch lieb, Eiwind?

„Ja," — und Eiwind schaute zum ersten Male auf.

„So will ich Dir auch sagen, daß ich es war, der darauf bestand, daß Du herabgesetzt wurdest; denn so sehr habe ich Dich lieb, Eiwind."

Eiwind schaute ihn an, blinzelte einige Mal, und die Thränen rollten ihm wieder über die Wangen.

„Du hast deshalb nichts gegen mich, Eiwind?" frug der Schulmeister.

„Nein," antwortete Eiwind, er schaute voll und klar empor, wenn auch die Stimme nicht voll war.

„Mein liebes Kind," sagte der Alte, „ich will bei Dir sein so lange ich lebe!"

Der Schulmeister wartete nun bis Eiwind seine Bücher geordnet und sich selbst gesammelt hatte, worauf er sagte, daß er ihn nach Hause begleiten wolle.

Sie schritten langsam des Weges nach dem Platz am See hinab; Anfangs war Eiwind noch still und im Kampf mit sich selbst begriffen, aber allmälig gewann er sich selbst wieder. Da war er auch überzeugt, daß das, was geschehen war, das Beste sei, das ihm jemals hätte begegnen können, und ehe sie noch den See erreichten, war sein Glaube daran so innig geworden, daß er Gott dankte und es dem Schulmeister sagte.

„Ja, aber daran müssen wir denken, daß wir Etwas im Leben erreichen, sagte nun der Schulmeister, „Irrlichtern und Nummern dürfen wir aber nicht nachlaufen. Was meinst Du zum Seminar?"

„Ich möchte wohl dahin."

„Du meinst wohl das landwirthschaftliche Institut, was?"

„Ja freilich."

„Das ist gewiß auch der beste Weg, der giebt ganz andere Aussichten als ein Schulmeister sie hat."

„Aber wie soll ich dorthin kommen? — Ich habe große Lust, aber die Mittel dazu? —"

„Sei fleißig und brav, und die Mittel werden schon kommen." sagte der Schulmeister.

Eiwind fühlte sich ganz von Dankbarkeit überwältigt. Ihm kam dieser klare, zitternde Blick, dieser leichte gehobene Athem, dieses Feuer der unendlichen Liebe, die da Einen erheben und aufrichten, wenn man die unerwartete Güte seiner Mitmenschen empfindet. Einen Augenblick liegt dann die ganze Zukunft vor Einem wie eine Wanderung in frischer Bergesluft; halb wird man getragen, halb nur geht man.

Als die Beiden in die Stube zu den Eltern Eiwinds traten, saßen diese in stiller Erwartung da, obgleich es Arbeitszeit und ein Tag war, an dem es viel zu thun gab.

Der Schulmeister trat zuerst ein, Eiwind hinter ihm her, Beide lächelten.

„Nun?" sagte der Vater, indem er das Gesangbuch weglegte, aus welchem er so eben „das Gebet eines Confirmanden" gelesen hatte.

Die Mutter stand am Herde, sie wagte Nichts zu sagen, sie lächelte, aber ihre Hand zitterte, sie erwartete Gutes, das sah man ihr an, aber sie wollte sich nicht verrathen.

„Ich mußte doch wohl mitkommen, um Euch damit zu erfreuen, daß er Alles beantwortet hat, was er gefragt wurde, und daß der Prediger, als Eiwind abgetreten war, sagte, er habe keinen flinkern Confirmanden gehabt."

„Ach, was Du sagst!" rief die Mutter und war sehr bewegt dabei.

„Das war ja brav," sagte der Vater und hilfstelte ein wenig.

Nach einer Weile, während welcher Niemand gesprochen hatte, frug endlich die Mutter ganz leise:

„Welche Nummer kriegte er?"

„Nummer Neun oder Zehn," antwortete der Schulmeister ruhig.

Die Mutter sah den Vater an, dieser sah wiederum erst sie, dann Eiwind an, worauf er sagte:

„Ein Häuslerjunge kann nicht mehr erwarten."

Eiwind blickte nun seinerseits den Vater an; es war ihm, als wollte wieder Etwas hervorbrechen wie vorhin in der Gesindestube des Predigers, aber er bezähmte sich, indem er sofort seine Gedanken auf Gott und die Liebe seiner Eltern und seines alten Schulmeisters und auf anderes Gutes und Liebes lenkte, bis die bösen Gefühle nachließen.

„Es wird aber Zeit, daß ich wieder nach Hause komme," sagte der Schulmeister, erhob sich und nickte zum Abschied. Beide Eltern gaben ihm, wie immer, das Geleite bis eine kleine Strecke vor die Thür. Als sie stehen blieben, um Abschied zu nehmen, nahm der Schulmeister sich ein frisches Tabakspriemchen und sagte lächelnd:

„Er wird doch Nummer Eins haben, aber es ist am besten, daß er Nichts davon erfährt, als bis an dem Tage selbst."

„Ja, ja, so mag es sein," sagte der Vater und nickte.

„Ja, so sei es," sagte die Mutter und nickte auch dem Schulmeister zu. Darauf faßte sie aber dessen Hand und sagte zu ihm: „Auch recht schönen Dank für Alles, was Du für ihn thust, Schulmeister."

„Ja, recht schönen Dank," fügte auch der Vater hinzu.

Und damit ging der Schulmeister ab.

Eiwinds Eltern blieben noch lange stehen und schauten ihm nach.

## VII.

Der Schulmeister hatte ein richtiges Augenmerk gehabt, als er dem Prediger zu überlegen bat, ob Einwind es auch werde vertragen können, als Nummer Eins unter den Confirmanden zu stehen.

Während der drei Wochen, die noch bis zur Confirmation waren, besuchte er Einwind jeden Tag; Ein Anderes ist es, für eine junge weiche Seele einem Eindruck nachzugeben, ein Anderes, wenn es sich darum handelt, was sie gläubig sich aneignen soll. Viele finstere Stunden wurden dem Knaben zu Theil, bis er es lernte, das Ziel seiner Zukunft in bessern Dingen, als in Ehrgeiz und Trotz zu suchen. Wenn er manchmal so recht in voller Arbeit dasaß, ging die Lust ihm verloren und er ward des Arbeitens überdrüssig. Wozu? Was könnte ich erreichen? hieß es dann; — aber eine Weile später gedachte er dann wieder des Schulmeisters, dessen Worte und herzlicher Güte. Und dieses menschlichen Mittels bedurfte er, um wieder hinaufzuklimmen, wenn wiederholt das Verständniß seiner höheren Pflicht ihm zeitweilig abhanden kam.

Um dieselben Tage, an welchen man in dem Häuschen am See Vorbereitungen zu seiner Confirmation traf, bereitete man sich auch auf seine Reise nach der landwirthschaftlichen Schule vor, denn diese sollte Tags darauf stattfinden.

Schneider und Schuhmacher saßen in der Stube, die Mutter but in der Küche, der Vater zimmerte an einer Kiste, die für Eiwinds Bedarf bestimmt war. Es wurde viel von den Kosten gesprochen, die seine zweijährige Abwesenheit den Eltern auferlegen, auch davon, daß er nicht die erste Weihnachten und vielleicht auch die zweite noch nicht nach Hause zurückkehren, und wie schwer es ihnen ankommen würde, so lange Zeit getrennt zu sein. Es fielen auch Worte von der Liebe, die er zu seinen Eltern hegen müsse, die so viel Sorge ihres Kindes wegen sich aufluden. Eiwind saß da wie Einer, der sich in der Welt auf eigene Faust versucht, aber auf den Wogen des Lebens Schiffbruch gelitten hat, und nun von liebevollen Menschen aufgenommen ist.

Ein solches Gefühl giebt Demuth, und mit dieser kommt vieles Anderes von selbst. Als der wichtige Tag sich näherte, durfte er sich wohl als vorbereitet betrachten und in die Zukunft mit vertrauensvoller Ergebung schauen. Jedesmal, wenn Marit's Bild sich ihm aufdrang, schob er es leise beiseite, aber er empfand den Schmerz dabei. Er versuchte selbst, sich hierin zu üben, allein er gewann doch keine rechte Gewalt über dieses Bild, im Gegentheil, nicht er, sondern der Schmerz erstarkte. Deshalb war er müde den letzten Abend, als er nach einer langen Selbstprüfung zu Gott betete, er möge ihn in diesem Stücke nicht versuchen.

Abends kam der Schulmeister. Eiwind und seine Eltern hatten sich, wie es am Abende vor Kirchgang Sitte ist, gewaschen und gekämmt und saßen beisammen in der Stube. Die Mutter war bewegt, der Vater still und schweigsam, der Abschied lag hinter der Feier des morgenden Tages und es war ungewiß, wann sie wieder einmal beisammen sitzen würden.

Der Schulmeister holte die Gesangbücher hervor, sie hielten Andacht und sangen, und darauf sprach er ein kurzes Gebet, wie es ihm gerade in den Sinn kam. Diese vier Menschen saßen nun beisammen bis spät in den Abend hinein; ihre Gedanken zogen sich immer mehr nach innen, und sie schieden dann mit den besten Wünschen für den kommenden Tag und für das, was derselbe bringen würde. Eiwind mußte sich sagen, daß er sich keinen Abend so glücklich niedergelegt habe; an diesem meinte er nämlich damit, daß er sich froh und in Gottes Willen ergeben hinlege. — Marit's Gesichtchen drängte sich zwar immer wieder zum Vorschein, und das Letzte, dessen er sich noch besann, war, daß er da lag und sich selbst prüfte, ob er auch ganz glücklich und Gott ergeben war.

Als er erwachte, gedachte er sofort des Tages, betete und fühlte sich stark, wie man sich des Morgens fühlt. Während des Sommers hatte er auf der Bodenkammer allein geschlafen, er stand nun auf, zog seine neuen schönen Kleider vorsichtig an, denn solche hatte er noch nicht getragen. Namentlich war es eine rund geschnittene Tuchjacke, die er wiederholt befühlen mußte, ehe er sich an dieselbe gewöhnte. Er stellte einen kleinen Spiegel am Fenster zurecht, band sich das Vorhemd um und zog zum vierten Male die Jacke an. Als er sein eigenes vergnügtes Gesicht mit dem hellblonden Kopfhaar sich ihm aus dem Spiegel entgegenlächeln sah, fiel es ihm ein, daß dies ganz gewiß wieder Eitelkeit sei. Ja, aber ordentlich angezogen und rein müssen doch die Leute sein, antwortete er sich selbst, indem er das Gesicht vom Spiegel abwandte, als sei es Sünde, hinein zu schauen. — Freilich, aber deshalb nicht gerade so sehr von sich eingenommen! — Das ist richtig, aber der liebe

Gott wird es doch zulassen können, daß Einer Gefallen daran findet, gut auszusehen. — Mag sein, aber es gefiel ihm wohl besser, Du bemerktest es selbst nicht so sehr. — Freilich, aber sieh, es kommt daher, weil Alles so neu ist. — Ja, aber allmälig mußt Du dann das Gefallen ablegen. — Er ertappte sich selbst darin, daß er bald über diesen, bald über jenen Gegenstand solch selbstprüfendes Gespräch führte, damit keine Sünde auf den Tag fallen und ihn beflecken sollte; — allein er war sich auch bewußt, daß ein Mehreres erforderlich sei.

Als er hinab in die Wohnstube kam, saßen die Eltern dort vollständig angezogen und warteten auf ihn mit dem Frühstück.

Er ging auf sie zu, reichte ihnen die Hand mit: „Schön Dank für die Kleider," und ein: „Mög'st Du sie gesund tragen!" ward ihm dafür wieder. Sie setzten sich an den Tisch, beteten still für sich und aßen. Die Mutter räumte den Tisch ab und trug das kleine Proviantkästchen für den Kirchgang herein. Der Vater zog seine Jacke an, die Mutter heftete ihre Tücher um den Kopf zusammen, sie nahmen ihre Gesangbücher zur Hand, schlossen das Haus ab und begaben sich auf den Weg. Sobald sie auf den oberen Weg gelangten, trafen sie auf Leute, fahrende und gehende, die zur Kirche wollten, Confirmanden unter ihnen und, dieser und jener Gruppe beigesellt, weiß= köpfige Großeltern, die noch dieses Mal mitmußten.

Es war ein Herbsttag ohne Sonnenschein, ein solcher, an welchem das Wetter im Begriff ist umzuschlagen. Wolken ver= einigten und trennten sich wieder, zuweilen löste eine große Wolkenschicht sich wohl in zwanzig kleinere Wolken auf, die sich über den Himmel jagten und auf Sturmwetter deuteten. Allein unten auf der Erde war es noch still, das Laub hing welk an den Bäumen und zitterte nicht einmal, die Luft war ein wenig schwül, die Leute führten Reisekleider bei sich, aber sie benutzten sie nicht.

Eine ungewöhnlich große Schaar hatte sich um die freistehende Kirche versammelt, aber die Confirmanden traten sogleich in die Kirche, um sich aufzustellen bevor der Gottesdienst beginne.

Dort kam endlich auch der Schulmeister des Weges her, in blauen Kleidern, Rock und Kniehose, hohen Stiefeln, steifer Halsbinde und die Tabakspfeife hinten aus der Rocktasche hervorragend. Er nickte und lächelte, schlug hier Einen auf die Schulter, sprach dort ein paar Worte zu einem Andern, ihn ermahnend, laut und deutlich zu antworten, und gelangte bei alle Dem bis zu dem vor der Kirche stehenden Almosenstock hinab, woselbst Eiwind stand und alle die Fragen seines Freundes Hans, in Betreff der Reise, beantwortete.

„Guten Tag, Eiwind, bist fein heute," — sagte der Schulmeister und faßte Eiwind am Rockkragen, als wollte er mit ihm sprechen: „hör' mal, Du, — denke alles Gute von Dir. Jetzt habe ich mit dem Pastor gesprochen; Du wirst Deinen Platz behalten, Du! geh' nur und stelle Dich als Nummer Eins auf und antworte deutlich).

Eiwind blickte ihn erstaunt an, der Schulmeister nickte ihm zu, und nun ging er einige Schritte, blieb aber bald wieder stehen, that wieder einige Schritte, blieb abermals stehen und sprach dann sich selbst zu: jawohl ist es so, er hat für mich mit dem Prediger gesprochen, — und jetzt erst ging er schnellen Schrittes auf die Kirche zu.

„Du hast ja doch Nummer Eins!" flüsterte ein anderer Confirmand ihm zu.

5*

„Ja," antwortete Eiwind mit leiser Stimme, es kam ihm noch immer vor, als wisse er es doch nicht recht.

Die Confirmanden waren aufgestellt, der Prediger war gekommen und die Leute strömten in die Kirche. Da erblickte Eiwind Marit Haidehof sich gegenüber stehen, sie sah auch ihn an, aber Beide waren in dem Grade von der Gewalt der heiligen Stätte ergriffen, daß sie sich nicht zu grüßen wagten. Er sah nur, daß sie strahlend schön war und das Haar unbedeckt trug, mehr sah er nicht.

Eiwind, der über ein halbes Jahr hindurch so große Pläne darauf gebaut hatte, ihr gegenüber zu stehen, vergaß, daß dieser Wunsch nun in Erfüllung ging, sowohl seine Nummer Eins, als auch Marit und daß er jemals an diese gedacht habe.

Nachdem Confirmation und Gottesdienst zu Ende waren, suchten Verwandte und Bekannte ihn und die Eltern auf, um ihre Glückwünsche abzustatten; auch seine Kameraden kamen an ihn heran, um Abschied zu nehmen, weil sie wußten, daß er schon am folgenden Tage abreisen sollte; auch viele kleinere frühere Spielkameraden von der Schlittenbahn traten an ihn heran, und Einige unter ihnen weinten und waren betrübt beim Abschied.

Zuletzt kam der Schulmeister, reichte ihm und den Eltern schweigend die Hand und gab das Zeichen zum Aufbruch, er wollte sie begleiten. Diese vier Leute waren wieder beisammen; für jetzt würde es der letzte Abend sein. Unterwegs fanden sich noch Viele ein, die von Eiwind Abschied nahmen und ihm Glück wünschten. Bei solchen Gelegenheiten wurde gesprochen, sonst aber sprachen die Vier nichts mit einander bis sie in der kleinen Stube im Hause am See saßen.

Der Schulmeister strengte sich an, damit sie guten Muths blieben, denn es bangte ihnen allen Dreien, jetzt, wo der Abschied so nahe heranrückte und sie, die bisher keinen einzigen Tag getrennt gewesen, nun einer Trennung von vollen zwei Jahren entgegensahen; — aber Keiner von ihnen wollte es den Andern merken lassen.

Je mehr der Abend heranrückte, je beklommener fühlte sich Eiwind; endlich trat er aus dem Hause in's Freie, um dort sich zu beruhigen und zu sammeln.

Es war schon halb finster und ein eigenthümliches Sausen strich durch die Luft; er blieb auf dem Abhange stehen und schaute in den Himmel hinauf.

Da hörte er vom Bergesrand herab seinen eigenen Namen nennen, ganz leise, — es war keine Täuschung, denn es wiederholte sich zum zweiten Male.

Er schaute hin woher der Laut gekommen, und gewahrte, daß oben zwischen den Baumstämmen ein Frauenzimmer sich niedergekauert hatte.

„Wer ist da?" frug er.

„Ich höre, daß Du reisen sollst," sagte es leise, „und so mußte ich zu Dir gehen und Dir Lebewohl sagen, weil Du doch nicht zu mir kommen wolltest.

„Liebe, bist Du es, Marit? Ich komme zu Dir hinauf."

„Nein, thu' das nicht; ich habe so schon zu lange hier gewartet, und ich müßte dann noch länger bleiben; Niemand weiß, wo ich bin, und ich muß wieder nach Hause eilen."

„Das war lieb' von Dir, daß Du kommen wolltest," sagte er.

„Ich konnte es nicht aushalten, daß Du so abreisen solltest,

Eiwind: wir haben einander gekannt, seit wir ganz klein waren."

„Ja, das haben wir."

„Und wir haben jetzt fast ein halbes Jahr nicht mit einander gesprochen."

„Leider haben wir das nicht."

„Wir trennten uns auch so sonderbar damals."

„Ja, — ich glaube aber, ich muß jetzt zu Dir hinaufkommen."

„Ach nein, thu' das nicht. Aber sage mir: Du bist doch nicht bös auf mich?"

„Liebe, wie könntest Du das glauben?"

„Leb' wohl denn, Eiwind, ich danke Dir, auch für alles Gute."

„Nein, Marit!"

„Ja, jetzt muß ich fort; sie vermissen mich zu Hause."

„Marit, Marit!"

„Nein, nein, ich darf nicht länger bleiben. Eiwind, Lebe wohl!"

„Lebe wohl!"

Aber von nun an ging er den ganzen Abend wie im Traume umher und antwortete wie aus weiter Ferne, wenn die Andern zu ihm sprachen; sie schrieben es der Abreise zu, was ja natürlich sei, und diese beschäftigte ihn auch ganz in dem Augenblick, in welchem der Schulmeister später Abends ihm Lebewohl sagte und ihm dabei etwas in die Hand drückte, was, wie er nachher sah, ein Zehnthalerschein war.

Allein nachher, als er sein Lager suchte, dachte er nicht an die Reise, sondern an die Worte, die vom Bergesrande herab gekommen und an die, welche wieder hinauf gegangen waren. Als Kind durfte sie nicht auf den Berg kommen, weil der Großvater fürchtete, sie könne herunter fallen; — vielleicht kommt sie doch herunter!

## VIII.

Meine lieben Eltern!

Jetzt haben wir viel mehr zu lesen bekommen, aber jetzt bin ich auch den Anderen ziemlich auf die Seite gekommen, so daß es nicht so schwer ist. Und wenn ich nach Hause komme, werde ich Vieles verändern an unserem Grundstücke, denn Vieles ist rein falsch, und es ist wunderbar, daß es so lange so gegangen ist. Doch ich werde es schon wieder in Ordnung bringen, denn ich habe jetzt viel gelernt. Ich möchte wohl irgendwohin, wo ich alles Das machen könnte, was ich jetzt weiß, und deshalb muß ich, wenn ich hier fertig bin, einen großen Posten suchen. Hier sagen Alle, daß John Hatlen lange nicht so flink ist, wie es zu Hause bei uns von ihm heißt, aber er hat sein eigenes Gehöft, so daß es ja seine eigene Sache ist und Andern nichts angeht. Viele, die von hier fortgehen, bekommen hohen Gehalt; sie werden deshalb so gut bezahlt, weil wir das beste landwirthschaftliche Institut im Lande sind. Einige sagen, daß eins im anderen Amt besser sei, aber das ist ganz und gar nicht wahr. Hier sind zwei Worte, das eine heißt Theorie und das andere Praxis, und es ist gut, sie beide zu haben, und das eine ist nichts ohne das andere, aber das letzte ist doch das beste. Und das erste Wort bedeutet die Ursache und den Grund seiner Arbeit zu wissen, aber das andere bedeutet die Arbeit machen zu können, so wie z. B. das Trockenlegen eines Moorlandes. Viele giebt es, die wissen, wie sie solches

Land bearbeiten sollen, aber sie handeln doch falsch, weil sie es nicht gründlich begriffen haben. Viele auch können es, wissen aber doch nicht Bescheid, und so wird es oft falsch gemacht, weil es verschiedene Arten Moorland giebt. Wir hier in dem Institut, wir lernen beide Worte. Der Vorsteher ist sehr tüchtig und Niemand übertrifft ihn. Bei der letzten Versammlung von Landwirthen hatte er zwei Fragen auseinanderzusetzen, während die anderen Vorsteher nur jeder eine hatten, und es wurde immer wie er sagte, wenn die Andern es erst eingesehen hatten. Den Lieutenant, der Feldvermessung lehrt, hat der Vorsteher hierher bekommen, weil er so tüchtig ist, denn die anderen Schulen haben keinen Lieutenant. Und er ist so flink, daß er in der Lieutenantschule der Beste gewesen sein soll.

Der Schulmeister fragt, ob ich zur Kirche gehe? Freilich gehe ich zur Kirche, denn der Pastor hat jetzt einen Kapellan erhalten, und der predigt, daß Alle in der Kirche sich fürchten, und es ist ein Vergnügen, ihn zu hören. Er ist von der neuen Religion, die sie in Christiania haben, und die Leute meinen, er sei zu strenge, aber es schadet ihnen nichts.

Gegenwärtig lernen wir viel Geschichte, die wir früher nicht gelesen haben, und es ist sonderbar, zu sehen, was Alles in der Welt geschehen ist, besonders bei uns. Wir haben Schlachten gewonnen und verloren, und es hat hier ganz anders ausgesehen. Jetzt haben wir Freiheit, und deren hat kein Volk so viel wie wir, Amerika ausgenommen, aber dort sind sie nicht so glücklich. Und unsere Freiheit müssen wir über alle Dinge in Ehren halten und lieben.

Jetzt will ich enden für dieses Mal, denn ich habe viel geschrieben. Der Schulmeister liest schon auch den Brief, und

wenn er für Euch antwortet, so mag er Etwas von diesem
und Jenem erzählen; daß er das ja nicht vergißt. Aber jetzt
seid herzlich gegrüßt von Eurem ergebenen Sohn
Eiwind Theresen.

Meine lieben Eltern!

Ich muß Euch erzählen, daß hier Examen gewesen ist,
und daß ich in vielen Dingen ausgezeichnet bestanden habe, im
Schreiben und Feldmessung sehr gut, aber ziemlich gut in
schriftlicher Ausarbeitung und in der Muttersprache. Es kommt
daher, sagt der Vorsteher, daß ich nicht viel gelesen habe, und
er hat mir nun einige Bücher geschenkt, die unvergleichlich sind,
in denen ich lese und in welchen ich Alles verstehe. Der Vorsteher ist sehr gut mit uns, erzählen thut er uns sehr Vieles.
Alles ist hier im Lande gar klein gegen das Ausland; wir verstehen fast gar nichts, sondern lernen Alles von den Schott-
ländern und Schweizern, aber von den Holländern lernen
wir den Gartenbau. Viele reisen nach diesen Ländern; in
Schweden sind sie auch weiter wie wir, und dort ist der
Vorsteher selbst gewesen. Jetzt bin ich bald ein Jahr hier,
und es schien mir, als hätte ich Viel gelernt, als ich aber
hörte was Diejenigen verstanden, die beim Examen abgingen,
und wenn ich bedenke, daß die auch nichts verstehen, wenn sie
mit den Ausländern zusammen kommen, so werde ich ganz betrübt. Und dann ist die Erde so schlecht hier in Norwegen, gegen
die im Auslande; es lohnt sich gar nicht Alles, was wir mit
ihr machen. Die Leute wollen noch dazu sich nicht belehren
lassen. Wenn sie aber auch wollten, und wenn der Boden

auch viel besser wäre, so haben sie ja kein Geld, ihn zu bebauen. Es ist merkwürdig, daß es so gegangen ist wie es ist.

Jetzt bin ich in der obersten Classe und soll in derselben ein Jahr sein, bis ich fertig werde. Aber von meinen Kameraden sind die meisten abgereist und ich sehne mich nach Hause. Es ist als wenn ich allein in der Welt stände, obgleich ich es gar nicht bin; aber es ist was Sonderbares wenn Einer so lange vom Hause fort gewesen ist. Ich glaubte früher ich sollte hier recht sehr flink werden, aber es sieht schlecht aus damit.

Was soll ich nun vornehmen, wenn ich von hier fort komme? Erst will ich natürlich nach Hause, später muß ich mir wohl Etwas suchen, aber es darf nicht so weit vom Hause sein.

Lebt jetzt wohl, liebe Eltern! Grüßt Die, welche nach mir fragen, und sagt ihnen, daß ich es gut habe, aber daß ich mich jetzt nach Hause sehne.

Euer liebender Sohn<br>Eiwind Thoresen.

Lieber Schulmeister!

Hiermit frage ich bei Dir an, ob Du einliegenden Brief besorgen willst und es gar Niemand sagen. Und wenn Du es nicht willst, so bitte ich Dich, ihn zu verbrennen.

Eiwind Thoresen.

An das wohlachtbare und ehrsame Mädchen<br>Marit Knutstochter<br>in Oberhaidehof.

Du wirst Dich recht sehr wundern, einen Brief von mir zu bekommen, aber Du brauchst Dich nicht zu wundern, denn

ich will blos fragen, wie es Dir geht. Davon mußt Du mir
baldigst und ausführlich Nachricht geben. Von mir selbst ist
zu sagen, daß ich hier fertig werde in einem Jahr.
Ergebenst<br>Eiwind Thoresen.

---

An Eiwind Thoresen in der landwirthschaftlichen
Schule!

Deinen Brief hat mir der Schulmeister richtig gegeben, und
ich will antworten, weil Du mich so sehr bittest. Aber ich habe
Furcht davor, weil Du jetzt so gelehrt bist, ich habe wohl einen
Briefsteller, aber der will nicht passen. So muß ich es denn
selbst versuchen, und Du mußt den Willen für die That nehmen;
aber Du darfst den Brief nicht vorzeigen, denn sonst bist Du
Der nicht, den ich meine. Du sollst ihn auch nicht aufheben,
denn es könnte ihn leicht Jemand zu sehen bekommen, sondern
Du sollst ihn verbrennen, und das mußt Du mir versprechen.
Es waren so viele Dinge von welchen ich schreiben wollte, aber
ich wage es nicht so recht. Wir haben eine gute Ernte gehabt,
die Kartoffeln stehen in hohem Preise und hier auf Haidehof
haben wir genug davon. Aber der Bär hat diesen Sommer
bös unter dem Vieh gehaus't; Ole auf Niederhof schlug er
zwei Kühe nieder und auch unsern Insassen riß er eine zu
Schanden, so daß sie geschlachtet werden mußte. Ich webe an
einem großen Gewebe, es ist so wie das schottische Zeug, und
es ist schwierig. Und jetzt will ich Dir erzählen, daß ich noch
zu Hause bin, und daß Andere es gern anders haben möchten.

Nun habe ich dieses Mal nichts mehr zu sagen, und deshalb wünsche ich Dir Lebewohl.

Marit Knutstochter.

N. Schr.
Daß Du ja diesen Brief verbrennst.

---

An den Agronomen Eiwind Thoresen!

Das habe ich Dir gesagt, Eiwind, daß der, welcher mit Gott wandelt, das beste Erbtheil hat. Aber deshalb sollst Du auch jetzt meinen Rath hören, wenn ich Dir sage, daß Du Dir nicht selbst die Welt voll Sehnsucht und Kummer füllen sollst, sondern auf Gott bauen, und Dein Herz Dich nicht verzehren lassen, denn alsdann hast Du einen zweiten Gott daneben.

Ferner will ich Dir sagen, daß Dein Vater und Deine Mutter sich wohl befinden, daß mir aber die eine Hüfte weh thut; es ist der Krieg und Alles was man in demselben gelitten hat, das jetzt wieder zum Vorschein kommt. Was die Jugend säet, das erntet das Alter, und es ist so mit dem Geist wie mit dem Körper, und der letztere ist jetzt morsch und voll Weh und fordert immer zur Klage auf. Aber das Alter soll nicht klagen, denn gute Lehren fließen aus den Wunden und der Schmerz predigt Dulden, damit der Mensch sich stärkt zu der letzten Reise. - Heute habe ich aus vielen Gründen die Feder ergriffen, und namentlich wegen Marit, die ein gottesfürchtiges Mädchen geworden, aber leichten Fußes ist wie ein Rennthier und viele Vorsätze hat. Denn sie möchte gern einen Vorsatz fest halten, aber sie kann es nicht ihrer Natur nach; doch das habe ich oft erfahren, daß mit solch schwachen Herzen Gott mild und langmüthig ist, und sie nicht über Gebühr versuchen läßt; solche Herzen sind leicht gerührt und Marit ist es auch. Den Brief habe ich ihr richtig gegeben, und sie verbarg ihn vor Allen, nur nicht vor ihrem eigenen Herzen. Und wenn's Gott gefällt, so habe ich nichts dagegen, daß diese Angelegenheit gefördert wird, denn Marit ist ein Wohlgefallen für junge Mannsleute, wie deutlich zu sehen ist, und sie hat vollauf von irdischen Gütern, und die himmlischen hat sie auch in ihrer Unstetigkeit. Denn die Gottesfurcht in ihrem Gemüth ist wie das Wasser auf seichtem Grund, es ist da, wenn es regnet, aber es verschwindet, wenn die Sonne scheint.

Jetzt vertragen es meine Augen nicht mehr, denn sie sehen gut in die Ferne, laufen aber voll Wasser und schmerzen beim Schreiben. Zuletzt will ich Dir noch sagen, Einwind, daß Du bei Allem, was Du begehrst und arbeitest, Deinen Gott mitnehmen sollst; denn, wie geschrieben steht: eine Hand voll in Ruhe ist besser denn beide Hände voll in Mühe und Geistesverzehrung. (Salomo's Predigten 4, 6.)

Dein alter Schulmeister<br>Bard Andersen Oydal.

An das wohlachtbare und ehrsame Mädchen<br>Marit Knutstochter in Oberhaidehof.

Für Deinen Brief sage ich Dir besten Dank; ich habe ihn gelesen und verbrannt, wie Du es mir gesagt hattest. Du schreibst von vielen Dingen, aber gar nichts von Dem, wovon ich wollte, daß Du schreiben solltest. Auch ich darf nichts von gewissen Dingen schreiben, bis ich mehr erfahre, wie es mit

Dir steht, und zwar ausführlich in jeder Beziehung. Der Brief des Schulmeisters sagt nichts, woran man sich halten könnte, aber er lobt Dich, und dann sagt er, daß Du unstet bist. Das warst Du auch früher. Jetzt weiß ich aber nicht, was ich glauben soll, und deshalb mußt Du schreiben, denn mir ist nicht gut zu Muth bis Du geschrieben hast. In dieser Zeit denke ich oft daran, daß Du den letzten Abend auf den Berg kamst und an Das, was Du den Abend sagtest. Mehr will ich dieses Mal nicht sagen, sondern Dir wünschen, daß es Dir gut ergeht. Leb' wohl!

Ergebenst
Eiwind Thoresen.

An Eiwind Thoresen.

Der Schulmeister hat mir einen neuen Brief von Dir gegeben, und ich habe ihn jetzt gelesen. Aber ich verstehe ihn gar nicht, wahrscheinlich weil ich nicht gelehrt bin. Du willst wissen, wie es um mich steht in jeder Beziehung, und ich bin gesund und wohl und mir fehlt gar nichts. Ich esse gut, besonders wenn ich Milchspeise kriege, Nachts schlafe ich und ich schlafe zuweilen auch am Tage. Ich habe diesen Winter viel getanzt, denn hier sind viele Tanzgelage gewesen und die sind sehr lustig gewesen. Ich gehe in die Kirche, wenn nicht zu viel Schnee liegt, der hat aber diesen Winter hoch gelegen. Nun wirst Du wohl Alles wissen, und ist's nicht so, und willst Du noch mehr wissen, so weiß ich nichts Besseres, als daß Du mir noch ein Mal schreibst.

Marit Knutstochter.

An das wohlachtbare und ehrsame Mädchen
Marit Knutstochter auf Oberhaidehof.

Deinen Brief habe ich erhalten, aber es scheint, als wenn
Du meintest, ich brauchte nicht klüger zu werden. Vielleicht
ist das auch eine Antwort, ich weiß es nicht. Aber vielleicht
kennst auch Du mich nicht.

Du brauchst nicht zu denken, daß ich noch der weiche
Käse bin, aus dem Du Wasser herausdrücktest, als ich saß und
Dich tanzen sah. Seitdem habe ich auf mehr als einem Ge=
stelle zum Trocknen gelegen. Auch bin ich nicht wie die lang=
haarigen Hunde, die gleich die Ohren hangen lassen und den
Leuten aus dem Wege gehen, wie ich wohl früher that; ich
lasse es jetzt darauf ankommen.

Dein Brief war freilich scherzhaft; aber er scherzte, wo
gar nicht zu scherzen war; denn Du hast mich wohl verstanden,
und deshalb hättest Du einsehen müssen, daß ich nicht scherz=
weise fragte. Ich ging in vieler Angst und wartete, und da
kam nur lauter Spaß und Gelächter.

Leb' wohl Marit Haidehof, ich werde Dich nicht zu sehr
ansehen, wie damals beim Tanze. Möchtest Du gut essen und
gut schlafen, und Dein neues Gewebe fertig weben, und
namentlich wünsche ich Dir, daß Du den Schnee wegschaufeln
kannst, der vor der Kirchthüre liegt.

Ergebenst

Eiwind Thoresen vom See.

An den Agronomen Eiwind Thoresen auf dem landwirthschaftlichen Institut.

Ungeachtet meines Alters und meiner schwachen Augen und der Schmerzen in meiner rechten Hüfte, muß ich doch der Aufdringlichkeit der Jugend nachgeben, denn sie braucht uns Alten, wenn sie sich selbst festgerannt hat. Sie lockt und weint bis sie losgekommen ist, dann aber läuft sie gleich wieder von uns weg und will weiter gar nichts hören.

Jetzt ist es Marit, sie hat es mit vielen süßen Worten, und bittet, daß ich zur Begleitung schreiben soll, denn sie traut sich nicht allein zu schreiben. Ich habe Deinen Brief gelesen; sie dachte, sie hätte es mit John Hatlen oder einem andern Narren zu thun, und nicht mit Einem, den Schulmeister Bard erzogen hat; aber jetzt weiß sie nicht was sie machen soll. Doch Du bist zu hart gewesen; denn es giebt Frauenzimmer, die scherzen um nicht zu weinen, doch das bleibt sich gleich und beide Arten sind sich gleich. Aber es gefällt mir, daß Du Ernstes ernst nimmst, denn sonst wirst Du nicht lachen können, wenn gescherzt soll sein.

Betreffend, daß Euer Sinn zu einander steht, so ist solches nun aus vielen Dingen sichtbar. In sie habe ich oft Zweifel gesetzt, denn sie ist wie der Gang des Windes; aber jetzt weiß ich doch, daß sie John Hatlen widerstanden hat, weshalb denn auch ihr Großvater sehr in Zorn gerathen ist. Sie wurde voll Freude, als Dein Anerbieten kam, und wenn sie gescherzt hat, so geschah das nicht aus böser Absicht, sondern aus Freude. Sie hat Vieles ertragen, und das hat sie gethan, um auf Denjenigen zu warten, zu Dem ihr Sinn steht. Aber nun willst Du sie nicht, sondern stößt sie zurück, als wäre sie ein unartiges Kind.

Dies war es, was ich Dir mittheilen mußte. Und den Rath will ich Dir noch geben, daß Du Dich mit ihr einigen mußt, denn Du wirst so wie so genug zu kämpfen haben. Ich bin wie der Alte, der drei Geschlechter gesehen hat; ich kenne die Thorheiten und ihren Gang.

Von Deiner Mutter und Deinem Vater habe ich Grüße an Dich, sie sehnen sich nach Dir. Aber das habe ich Dir früher nicht schreiben wollen, damit Du nicht Heimweh bekommen solltest. Deinen Vater kennst Du wenig, denn er ist wie der Baum, der erst dann seufzt, wenn er gefällt wird; sollte Dir einmal etwas fehl schlagen, so wirst Du ihn kennen lernen und wirst Dich wundern, als beträtest Du einen reichen Ort. Er ist gedrückt und schweigsam im Weltlichen gewesen, aber Deine Mutter hat seinen Sinn freigemacht vor weltlicher Angst, und jetzt klärt sich das Alles.

Meine Augen ermüden jetzt, und die Hand will auch nicht mehr recht vorwärts. Deshalb empfehle ich Dich dem, dessen Auge stets wacht und dessen Hand niemals ermüdet.

Bard Andersen Opdal.

## An Eiwind Thoresen!

Es scheint als wenn Du mir böse wärest, und das thut mir sehr leid. Denn ich meinte es nicht so, ich meinte es gut. Ich denke daran, daß ich gegen Dich oft nicht so gewesen bin, wie ich eigentlich hätte sein sollen, und deshalb will ich Dir jetzt schreiben, aber Du darfst es Niemand zeigen. Einmal hatte ich es, wie ich es haben wollte, aber ich war damals nicht gut; jetzt aber liebt mich Niemand mehr, und jetzt habe ich es sehr gut. John Hatlen hat ein Spottlied auf mich gedichtet und alle Burschen singen das Lied und ich wage mich gar nicht mehr zum Tanze. Die beiden Alten wissen das, und ich muß viele böse Worte hören. Aber ich sitze allein und schreibe und Du darfst es Niemand zeigen.

Du hast viel gelernt und könntest mir rathen, aber Du bist jetzt weit von hier. Ich bin oft unten am See bei Deinen Eltern gewesen, und mit Deiner Mutter habe ich gesprochen und wir sind gute Freundinnen geworden, aber ich darf Nichts sagen, denn Du schreibst so wunderlich. Der Schulmeister foppt mich nur und er weiß Nichts von dem Spottlied, weil Niemand in der Dorfschaft so Etwas ihm vorsingen darf. Jetzt bin ich allein und habe Niemand mit dem ich reden kann: ich denke daran als wir Kinder waren, und Du so lieb mit mir warst und ich immer auf Deinem Schlitten sitzen durfte. Aber jetzt wünschte ich, ich wäre wieder Kind.

Ich darf Dich nicht öfter bitten, mir zu antworten, nein, das darf ich nicht. Aber wenn Du mir nur noch ein Mal antworten wolltest, so würde ich Dir das nimmer vergessen, Eiwind.

Marit Knutstochter.

Lieber, verbrenne diesen Brief; ich weiß kaum ob ich ihn absenden darf.

Liebe Marit!

Ich danke Dir für Deinen Brief; den hast Du in guter Stunde geschrieben. Jetzt will ich es Dir sagen, Marit, daß ich Dich lieb habe, so daß ich es hier fast nicht länger aus=

halten kann, und hast Du mich auch lieb, so sollen die Spottlieder Johns und die bösen Worte Anderer weiter nichts sein als Blätter, welche der Baum zu viel trägt. Seit ich Deinen Brief erhielt, bin ich wie ein neuer Mensch, denn ich habe doppelte Kraft bekommen und ich fürchte Niemand in der ganzen Welt. Als ich den vorigen Brief abgesendet hatte, bereute ich es, so daß ich fast krank wurde. Und weißt Du, was daraus folgte? Der Vorsteher rief mich zu sich und frug mich, was mir fehle; er meinte, ich lese zu viel. Und darauf sagte er, daß ich, wenn mein Jahr zu Ende sei, noch ein Jahr hier bleiben könne, und zwar ganz kostenfrei, ich könnte ihm bei Diesem und Jenem behilflich sein, er aber würde mir mehr lernen.

Damals dachte ich, Arbeit sei das Einzige an das ich mich halten könnte, und ich dankte ihm sehr, und ich bereue es noch jetzt nicht, obwohl ich mich zu Dir sehne; denn je länger ich hier bin, mit um so besserem Recht kann ich Dich einmal begehren. Wie fröhlich ich jetzt bin! ich arbeite für Drei und ich werde in keiner Sache zurückbleiben. Aber ich werde Dir ein Buch senden, in dem ich lese, denn es steht viel in demselben von Liebe. Abends lese ich darin, wenn die Anderen schlafen, und dann lese ich auch Deinen Brief wieder durch. Hast Du Dir gedacht, wann wir uns sehen werden? Daran denke ich oft, und das solltest auch Du versuchen, und Du wirst erfahren, wie schön das ist. Aber ich bin froh, daß ich so viel gestrebt und geschrieben habe, obgleich es früher schwer war, denn jetzt kann ich Dir sagen was ich will und kann dabei in meinem Herzen lächeln.

Ich werde Dir viele Bücher zu lesen geben, damit Du sehen kannst, wie viel Widerwärtigkeit Diejenigen gehabt haben, die sich recht von Herzen liebten, so daß sie lieber an Kummer gestorben sind, als daß sie einander aufgegeben haben. Und so werden auch wir es thun, und werden es mit Freuden thun. Zwar werden zwei Jahre vergehen, bis wir uns sehen, und länger bis wir uns haben werden; aber jeder Tag der verstreicht, ist doch ein Tag weniger, so müssen wir denken, während wir arbeiten.

Mein nächster Brief wird von vielen Dingen sprechen, aber heute Abend habe ich kein Papier mehr und die Anderen schlafen. Deshalb werde ich zu Bette gehen und an Dich denken, und das werde ich thun bis ich einschlafe.

Dein Freund
Eiwind Thoresen.

## IX.

Eines Sonnabends um Johanni ruderte Thore am See über das Wasser, um seinen Sohn zu holen, welcher Nachmittags von der Landwirthschaftsschule, wo er fertig war, heimkehren sollte. Die Mutter hatte schon vor einigen Tagen eine Tagelöhnerfrau zur Aushilfe gehabt, Alles war gescheuert und rein gemacht, die Kammer schon lange vorher in Stand gesetzt worden und ein Ofen darin aufgestellt, in ihr sollte Eiwind wohnen. Heute trug die Mutter frisches Laub hinein, suchte reine Wäsche hervor und legte dieselbe zurecht, machte das Bett auf's neue und schaute dabei dann und wann hinaus, ob nicht ein Boot über's Wasser ruderte.

In der Wohnstube war groß aufgedeckt und immer war dort noch etwas zurecht zu stellen, oder es fehlte hier und da noch etwas, oder es waren Fliegen wegzujagen, und in der Kammer war Staub und immer Staub abzukehren.

Noch war kein Boot zu sehen; sie lehnte sich an das Fensterbrett und schaute hinaus in die Gegend. Da vernahm sie Schritte in der Nähe auf dem Wege; sie wandte den Kopf nach der Seite; es war der Schulmeister, welcher langsam herankam, sich auf einen Stock stützend, denn seine Hüfte that ihm weh. Seine klugen Augen blickten ruhig und freundlich, er blieb stehen auf den Stock gestützt, nickte ihr zu und frug:

„Noch nicht angekommen?"

„Nein, ich erwarte sie aber jeden Augenblick."

„Gutes Heuwetter heute."

„Aber heiß zu gehen für alte Leut'."

Der Schulmeister lächelte, indem er sie anblickte und sagte: „Ist junges Blut heut' hier gewesen?"

„Freilich, ist aber schon wieder fort."

„Ja, ja, werden sich wohl heut' Abend irgendwo treffen."

„Denke auch so; aber Thore sagt, sie dürfen sich in seinem Hause nicht sehen bis sie die Einwilligung des Alten haben."

„Das ist recht, so recht!"

Nach einer Weile rief die Mutter:

„Ich glaube fast, dort kommen sie."

Der Schulmeister schaute lange über den See hinaus.

„Ja, sie sind es, fügte die Mutter nach einer Weile hinzu, indem sie sich vom Fenster zurückzog.

Der Schulmeister trat nun zu ihr in's Haus.

Nachdem er sich dort ein wenig ausgeruht und einmal getrunken hatte, gingen sie zusammen nach dem See hinab; das Boot schoß in rascher Fahrt über das Wasser nach der Richtung wo die Beiden standen, denn sowohl der Vater als der Sohn ruderten. Sie hatten die Jacken ausgezogen und saßen in bloßen Hemdärmeln, der Schaum spritzte weiß um die Ruder herum, und das Boot war auch bald am Ufer. Eivind sah sich um, er gewahrte die Beiden am Landungsplatz, zog die Ruder ein und rief:

„Guten Tag, Mutter! Guten Tag, Schulmeister!"

„Was Der für eine grobe Stimme gekriegt hat!" sagte die Mutter, sie lächelte über das ganze Gesicht; „nein, sieh doch! er ist immer noch so hell wie sonst!" fügte sie darauf hinzu.

Der Schulmeister fing den Stoß beim Anprallen des

Bootes auf, der Vater zog nun auch die Ruder ein. Eiwind sprang an ihm vorüber und an's Land, und reichte erst der Mutter, darauf dem Schulmeister die Hand; unter fröhlichem Lachen und ganz gegen die Sitte der Bauern erzählte er nun sofort in raschem Fluß vom Examen, von der Reise, von dem Zeugniß, das ihm der Vorsteher ausgestellt hatte, von guten Anerbietungen, die ihm gemacht worden; er frug wie die Saat stehe, erkundigte sich nach Bekannten und Freunden, nur nicht nach Einer; der Vater holte die Sachen aus dem Boote an's Land, da er aber auch hören wollte, was der Sohn sprach, so ließ er sie am Landungsplatz stehen und folgte den Andern, die hinauf nach dem Hause gingen. Eiwind lachte und erzählte, und die Mutter lachte, denn sie wußte nicht, was sie zu all' dem sagen sollte. Der Schulmeister schritt langsam sich auf seinen Stock stützend nebenher und sah Eiwind mit seinen klugen Augen an, der Vater ging gleichsam ehrerbietig einige Schritte hinter den Andern.

Und in solcher Weise gelangten sie bis an's Haus.

Eiwind freute sich über Alles, was er sah, erst über das Haus, weil es angestrichen war, dann über das Mühlwerk, weil dieses erweitert worden war, darüber, daß die kleinen in Blei eingefaßten Fensterscheiben in der Wohnstube und in der Kammer verschwunden und anderen und größeren aus weißem Glas anstatt der vorigen grünen, Platz gemacht hatten.

Im Hause selbst kam ihm Alles recht wunderlich klein vor, wie es ihm gar nicht mehr im Gedächtniß war, aber es lachte ihn wiederum Alles recht heimisch an. Die Uhr gackerte wie ein altes fettes Huhn, die Stühle waren ausgeschnitzt, fast als wenn sie sprechen wollten, jede Tasse auf dem gedeckten Tische kannte er, der weißgetünchte Herd lächelte ihm ein

Willkommen zu; frische Laubzweige standen duftend an den Wänden, und grüner Wachholder war über den Fußboden gestreut und sprach von Festlichkeit.

Sie setzten sich an den Tisch, um zu essen, aber es wurde nicht viel gegessen, denn Eiwind sprach in Einem fort. Ein Jeder von ihnen betrachtete ihn nun mit mehr Ruhe, entdeckte Unterschiede und Aehnlichkeiten, besah sich Das, was ihnen an ihm ganz neu war bis auf den Anzug von blauem Tuch, den er trug. Als er einmal nach einer langen Erzählung von einem seiner Kameraden endlich eine Pause machte, sagte der Vater:

„Ich verstehe beinah' kein Wort von Dem, was Du sagst, Sohn; Du sprichst auch gar zu schnell."

Sie brachen Alle in lautes Gelächter aus, und Eiwind war nicht der, welcher am wenigsten lachte.

Er wußte aber sehr wohl, daß der Vater ganz recht habe, allein es war ihm nicht möglich langsamer zu sprechen. All' das Neue, das er auf seiner großen Fahrt gesehen und gelernt, hatte dermaßen seine Einbildungskraft und sein Denkvermögen ergriffen und ihn so aus den gewohnten Verhältnissen gebracht, daß die Kräfte, die lange geruht hatten, gleichsam aufgeschreckt waren und das Gehirn in immerwährender Thätigkeit hielt. Die Anderen bemerkten auch, daß er die Gewohnheit hatte, dann und wann ganz willkürlich zwei, drei Worte zu wiederholen aus lauter Emsigkeit, es war als stolpere er über sich selbst. Mitunter klang das lächerlich, aber dann lachte er selbst darüber und damit war es vergessen. Der Schulmeister und der Vater saßen und spähten, ob er wohl an Gedächtniß oder Umsicht verloren haben möchte, aber es schien nicht so; er dachte an Alles, er war es, der daran erinnerte, daß das Boot ausgeladen werden müsse, und er packte gleich seine Sachen aus und hing Dieses und Jenes von Kleidern an die Wand, zeigte seine Bücher, seine Uhr, alles Neue vor, und es wäre gut gehalten, sagte die Mutter.

Ueber seine kleine Kammer zeigte er viele Freude, vorläufig wolle er zu Hause bleiben, sagte er, wolle bei dem Heumachen behilflich sein und auch Manches lesen. Wohin später wisse er zwar nicht, aber darüber mache er sich keine Sorge. Er hatte sich eine Schnelligkeit und eine Kraft des Gedankens angeeignet, die erfrischend waren, und drückte seine Gefühle mit einer Lebhaftigkeit aus, die Demjenigen wohlthut, der das ganze Jahr hindurch es nur darauf anlegt, damit zurückzuhalten.

Der Schulmeister war um zehn Jahr jünger geworden.

„Jetzt haben wir ihn so weit," sagte er mit strahlendem Antlitz, als er sich erhob, um nach Hause zu gehen.

Als die Mutter von dem gewöhnlichen, dem Schulmeister gebenden Geleit zurückkehrte, rief sie Eiwind in die Kammer.

„Es erwartet Dich Jemand um neun Uhr," flüsterte sie ihm zu.

„Wo?"

„Auf dem Berge."

Eiwind blickte auf die Uhr, sie ging auf Neun.

Im Hause ließ es ihn jetzt nicht mehr, er mußte hinaus; er schritt den Berg hinan, blieb dort oben stehen und schaute sich um.

Das Dach des Hauses lag dicht unter dem Abhange des Berges. Das Buschwerk, welches auf dem Dache wuchs, war groß geworden, alle jungen Bäume ringsum waren gleichfalls gewachsen, und er kannte jeden Baum. Er schaute über den Weg hin, der sich längs des Berges schlängelte und auf der anderen Seite vom Walde begrenzt war. Der Weg lag grau und ernst da, der Wald aber prangte in allen Laubarten, die Bäume waren hoch emporgeschossen; in der kleinen Bucht lag ein Fahrzeug vor schlaffen Segeln, es war mit Brettern geladen und harrte hier des Windes, der es weiter führen könne. Er schaute über die Gewässer hinaus, die ihn hinweg von der Heimath und wieder zurück in dieselbe gebracht, sie lagen still und blank da, einige Seevögel flatterten über sie dahin, aber ohne Geschrei, denn es war später Abend.

Der Vater kam von der Mühle gegangen, blieb auf dem hervorspringenden Fels vor dem Hause stehen, schaute, wie der Sohn, über den See hinaus, und schritt darauf nach demselben hinab, um das Boot für die Nacht zu vertauen.

Die Mutter kam von der andern Seite des Hauses hervor, denn sie kam von der Küche her; sie blickte nach dem Berge hinauf während sie über den offenen Hofplatz mit Futter für die Hühner schritt; sie blickte noch einmal nach dem Berge hinauf und summte leise ein Liedchen vor sich hin.

Eiwind setzte sich harrend nieder; der Unterwald war dicht bewachsen, so daß er nicht gerade weithin durch denselben sehen konnte, aber er lauschte jedem noch so kleinen Geräusch. Lange Zeit war es nur dann und wann ein Vogel, der ihn im Auffliegen täuschte, bald wieder ein Eichhörnchen, das sich von einem Baum zum andern schwang. Doch endlich rasselt es in der Ferne, hört wieder auf, rasselt wieder; er erhebt sich, sein Herz klopft ihm fast hörbar, das Blut steigt ihm zum Kopfe. — da bricht es dicht neben ihn durch das Gebüsch, — allein es ist ein großer, zottiger Hund, der herauskommt, ihn erblickt, auf drei Beinen stehen bleibt und sich nicht von der Stelle rührt. Es war der Hund vom Oberhaidehofe, und dicht hinter dem=

selben rasselt es wieder, der Hund wendet den Kopf und wedelt, jetzt kommt Marit.

Ein Zweig des Gebüsches hielt sie am Kleide fest, sie wandte sich, um sich zu befreien, und so stand sie als sein erster Blick sie traf.

Sie trug das Haar unbedeckt und aufgerollt, wie es die Mädchen alltäglich zu tragen pflegen, sie hatte ein grobes Mieder mit gewürfeltem Muster an, dasselbe war ohne Aermel; um den Hals hatte sie nichts als den übergeschlagenen Hemd= kragen; sie hatte sich von der Feldarbeit verstohlener Weise weggebegeben, und es nicht gewagt, sich zu putzen. Nun blickte sie von der Seite auf und lächelte; die weißen Zähne glänzten und es strahlte unter den halb verschlossenen Augen= lidern; — so stand sie eine Weile zögernd da, aber dann schritt sie auf ihn zu und erröthete immer tiefer bei jedem Schritt. Er ging ihr entgegen, faßte ihre Hand und hielt sie zwischen den seinigen. Sie schlug die Augen nieder und neigte den Kopf tief herab — so standen sie sich gegenüber.

„Dank, Dank für alle Deine Briefe," waren die ersten Worte, die er sprach, und als sie ein wenig emporschaute und lächelte, empfand er es wohl, daß sie die süßeste kleine Hexe sei, die ihm in einem Wald begegnen könne; aber er war ge= fangen, und sie war es freilich auch.

„Wie groß Du geworden bist!" sagte sie, allein sie meinte etwas ganz Anderes.

Sie blickte ihn an, und immer wieder an, lächelte und lächelte wiederum; auch er lächelte; aber sie sprachen nichts.

Der Hund hatte sich am Rande des Bergabhanges niedergesetzt und schaute hinab auf das Haus; Thore, der unten am Wasser stand, bemerkte diesen Hundekopf, ohne jedoch sehen zu können, daß es ein Hundekopf, ohne begreifen zu können, was das wohl sein könne, das sich dort auf dem Berge zeigte.

Endlich ließen sich Beide los, und begannen allmälig zu sprechen. Und als das Gespräch begonnen hatte, sprach er bald so viel, daß sie ihn darob neckte und auslachte.

„Ja, siehst Du, so red' ich, wenn ich recht fröhlich, so vom Herzen fröhlich bin, siehst Du, und als es zwischen uns Beiden gut wurde, da war es als wenn ein Schloß inwendig in mir aufsprang, siehst Du."

Sie lachte. Nach einer Weile sagte sie:

„Alle die Briefe, die Du mir schriebst, weiß ich fast auswendig."

„Und ich Deine erst recht. Aber Du schriebst immer so kurz."

„Ja, weil Du's immer so lang haben wolltest."

„Und wenn ich wollte, Du solltest mir mehr von einer Sache schreiben, so sprangst Du immer davon ab."

„Ich nehme mich am Besten aus, wenn ich davon laufe," sagt die Waldsee.

„So hast Du mir auch nie geschrieben, wie Du John Hatlen los wurdest."

„Ich lachte."

„Wie so denn?"

„Ja, ich lachte; weißt Du denn nicht was lachen heißt?"

„Freilich weiß ich's, ich kann auch lachen."

„Nun, so lache denn!"

„Hab' ich so was je gehört! Muß ich doch etwas haben, worüber ich lache."

„Das brauch' ich aber nicht, wenn ich fröhlich bin."

„Bist Du denn jetzt fröhlich, Marit?"

„Lache ich denn jetzt?"

„Ja freilich thust Du das, Liebe!"

Und er faßte ihre beiden Hände und schlug sie zusammen, klatsch, klatsch, und schaute ihr recht tief in's Auge.

Da begann der Hund zu knurren, immer mehr zu knurren, schlug endlich an und bellte hinab in's Thal, bellte immer fort und ward zuletzt ganz wüthend. Marit sprang erschreckt zurück, Eiwind aber trat an den Rand des Abhangs und schaute hinunter.

Es war sein Vater, den der Hund so anbellte.

Thore stand dicht unter dem Abhange, beide Hände in der Tasche, nach dem Hund aufschauend.

„Bist Du auch da? Was ist das für ein wüthender Hund, den Du bei Dir hast?"

„Es ist ein Hund vom Haidehof," antwortete Eiwind, etwas verlegen.

„Wie ist denn aber der Hund dort hinauf gekommen?"

Die Mutter aber, die in der Küchenthür stand, hatte den Lärm vernommen und hinausgeblickt; und sie begriff schon wie das Alles zusammenhing, sie lachte.

„Der Hund ist ja alle Tage hier," sagte sie, „da ist nichts Sonderbares dabei."

„Das ist aber ein böser Hund," meinte der Vater.

„Er wird schon still, wenn man ihn streichelt," sagte Eiwind, und als er nun den Hund liebkos'te, bellte derselbe zwar nicht mehr, knurrte aber doch weiter.

Der Vater begab sich nun treuherzig in's Haus und die Beiden entgingen der Entdeckung.

„Das ging diesmal," sagte Marit, als sie einander wieder aufgesucht hatten.

„Du meinst wohl, es könnte ein anderes Mal ärger werden?"

„Ja, ich weiß Einen, der uns aufpassen wird."

„Dein Großvater?"

„Ja freilich."

„Aber er soll Nichts ausrichten damit."

„Nein, das soll er nicht."

„Und das versprichst Du?"

„Ja, das verspreche ich Dir, Eiwind."

„Wie schön Du bist, Marit!"

„Ei, Du sprichst wie der Fuchs zum Raben, als er den Käse haben wollte."

„Das nun nicht, aber den Käse möcht' ich freilich."

„Aber Du kriegst ihn nicht."

„Aber ich nehm' ihn mir."

Sie wandte den Kopf, und er nahm ihr nichts.

„Ich will's Dir nur sagen, Eiwind," — sie blickte ihn von der Seite an.

„Nun?"

„Wie Du häßlich geworden bist!"

„Aber Du wirst mir doch den Käse geben, nicht wahr?"

„Mit nichten will ich!" Und sie wandte sich auf's Neue ab.

„Ich muß gehen, Eiwind," sagte sie nach einer Weile.

„Ich werd' Dich begleiten, Marit."

„Aber nicht aus dem Wald heraus, Großvater könnt' Dich sehen."

„Nein, nicht aus dem Walde. — Aber, Liebe, weshalb läufst Du so?"

„Wir können hier nicht neben einander gehen."

„Aber dann ist's doch so keine Begleitung!"

„Nun so hasch' mich denn!"

Sie lief, er hinterher, sie blieb aber bald im Gebüsch hängen, und er haschte sie.

„Hab' ich Dich jetzt für immer gefangen, Marit?" frug er, sie ruhte in seinem Arm.

„Ich glaub' es, ja," sagte sie leise und lächelte, ward aber darauf roth und ernst.

Nein, jetzt muß es sein, dachte er, und er wollte sie küssen; allein sie bog den Kopf nieder unter seinen Arm, lachte, wand sich los und lief davon.

Bei den letzten Bäumen am Ausgang des Waldes blieb sie jedoch stehen.

„Wann sehen wir uns wieder?" flüsterte sie.

„Morgen, Morgen!" antwortete er.

„Ja, Morgen!"

„Leb' wohl!" — Und sie eilte davon.

„Marit!" rief Eiwind, und sie blieb wieder stehen.

„Du, es war schön, daß wir uns zuerst auf dem Berge sahen."

„Ja, das war es, Eiwind!" Und nun lief sie schnell davon.

Er sah ihr lange nach. Der Hund eilte ihr bellend voraus, sie hinterher, ihn schweigen heißend.

Er wandte sich endlich zur Rückkehr; er nahm seine Mütze ab und warf sie hoch in die Luft, nahm sie wieder ab und warf sie von Neuem empor.

„Jetzt glaub' ich schon, daß ich fröhlich werde," sagte der Bursche, und sang frischen Muthes, während auch er nach Hause eilte.

## X.

Eines Nachmittags im Spätsommer als die Mutter und ein Mädchen Heu zusammen rechten, der Vater und Eiwind es ins Haus trugen, kam ein kleiner barfüßiger Knabe über das Feld gelaufen und lief auf Eiwind zu, dem er ein Zettelchen einhändigte.

„Du läufst nicht übel, Du!" sagte Eiwind.

„Ich hab' es auch bezahlt gekriegt" antwortete der Knabe, und da der Zettel keine Antwort erheischte, so trat er gleich den Rückweg an und zwar über den Berg, denn, sagte er, es käme Jemand hinter ihm her oben auf dem Feldwege.

Eiwind hatte Mühe genug den Zettel zu erbrechen, denn derselbe war zusammengefaltet in einen Streifen, dann in einen flachen Knoten gewunden, und schließlich an mehreren Stellen gesiegelt.

Auf dem Zettel stand geschrieben:

„Jetzt ist er auf dem Marsche, aber es geht langsam. Lauf' in den Wald und versteck' Dich.

Die, Du weißt."

„Nein, das wollen wir nicht thun," dachte Eiwind, und warf einen trotzigen Blick über den W...

Es währte nun auch nicht lange mehr, da zeigte sich ein alter Mann oben im Wege. Er blieb stehen und ruhte sich aus, ging dann wieder eine kleine Strecke, ruhte sich wieder und so fort.

Thore und seine Frau ließen in der Arbeit nach, um den Alten anzuschauen. Nach einer Weile lächelte Thore, die Frau aber erblaßte.

„Du kennst ihn doch!" fragte sie.

„Ei freilich, in dem ist es nicht leicht zu irren," antwortete Thore.

Vater und Sohn begannen wieder Heu zu tragen, aber Eiwind paßte es so ab, daß er stets mit dem Vater zusammenging.

Der Alte oben im Wege, kam langsam heran wie ein Unwetter aus Westen. Er war eine hohe etwas korpulente Gestalt, aber er hatte Gicht in den Beinen und schritt deshalb langsam einher mit schwerer Haltung sich auf seinen Stock stützend. Es währte nicht lange bis er so nahe war, daß sie ihn ganz genau sehen und beobachten konnten. Er blieb wieder einmal stehen, zog die Mütze vom Kopfe und trocknete sich den Schweiß von der Stirn mit einem Tuche. Er hatte eine Glatze, die sich weit über das Hinterhaupt erstreckte; ein runzeliges Gesicht, kleine stechende Augen, buschige Brauen und noch alle Zähne im Munde. Wenn er sprach, war es mit einer scharfen gellenden Stimme, die wie über Stock und Stein dahin sprang, aber doch dann und wann auf einem „r" mit Wohlgefallen ausruhte und sodann über dasselbe weithin rollte mit einem großen Sprung im Ton. In seinen jüngeren Jahren war er als ein lustiger, aber hitziger Mann bekannt gewesen, seitdem er alt geworden, war er durch mancherlei Widerwärtigkeiten heftig aufbrausend und mistrauisch gemacht.

Thore und Eiwind thaten manchen Gang hin und zurück, immer Heu tragend, ehe es Ole gelang in ihre Nähe zu kommen; das begriffen Beide, daß ihn nichts Gutes herführe, und es war grade deshalb um so drolliger, daß er gleichsam nicht von der Stelle konnte. Beide mußten sehr ernst thun und ganz leise reden, aber weil dies gar kein Ende nahm, schlug es eben ins Possierliche um. Schon ein halbes Wort, das treffend ist, kann unter solchen Umständen das Kichern hervorrufen, besonders wenn Gefahr mit dem Lachen verknüpft ist. Als der Alte endlich nur noch einige Klaftern von ihnen entfernt war, die zurückzulegen aber eine Ewigkeit dauern zu wollen schien, vermochte Eiwind sich nicht länger zu halten; er sagte ganz trocken und leise:

„Er muß schwer geladen haben, der Mann;" — und mehr bedurfte es nicht.

„Ich glaube Du bist nicht gescheidt", flüsterte der Vater, obgleich er schon selbst lachte.

„Hm=Hm!" hustelte es oben im Wege.

„Er macht sich den Hals zurecht," flüsterte Thore.

Eiwind fiel auf die Knie vor einem Heuhaufen, steckte den Kopf in das Heu und lachte. Der Vater bückte sich auch nieder.

„Komm, wir wollen in die Scheune gehen," flüsterte er, nahm beide Arme voll Heu und machte, daß er davon kam.

Eiwind faßte nun auch ein Bündel Heu, lief hinterdrein ganz krumm vor Lachen und warf sich, als er erst in der Scheune war, lang auf den Boden hin.

Der Vater war ein ernster Mann, gerieth er aber erst ins Lachen, so steigerte sich dieses durch kurze, abgerissene Triller, die in immer längere Lachwellen übergingen. Jetzt war er in Zug gerathen; der Sohn lag auf dem Boden, der Vater stand neben ihm und Beide lachten, daß es krachte. Es konnte freilich auch sonst zuweilen ein Lachtaumel sie überkommen, allein „dieser käme ungelegen," meint der Vater. Zuletzt wußten sie nicht, wie es diesmal ablaufen würde, denn der Alte müsse ja nun doch da sein.

„Ich geh' nicht hinaus," sagte der Vater, „ich hab' nichts mit ihm zu schaffen.".

„Ja, dann geh' ich auch nicht," antwortete Eiwind.

„Hm! hm!" vernahmen sie nun von draußen dicht an der der Scheunenwand.

Der Vater drohte jetzt Eiwind, indem er sagte:

„Willst Du wohl hinausgehen!"

„Ja, wenn Du vorangehst."

„Na, mach', daß Du hinauskommst, schnell!"

„Ja, geh' voran!"

Endlich bürsteten sie sich gegenseitig die Kleider ab und traten darauf mit sehr ernster Miene hinaus.

Als sie aus der Scheune kamen, sahen sie Ole vor der Küchenthür stehen, als sinne er über etwas nach; er hielt die Mütze in derselben Hand, in welcher er den Stock trug, während er mit der andern Hand mit einem Tuch sich den Schweiß von der Glatze trocknete, wobei er aber auch die Büschel Haare hinter den Ohren und im Nacken faßte, daß sie wie Borsten vom Kopfe herausstanden.

Eiwind hielt sich hinter dem Vater; dieser war deshalb gezwungen, stehen zu bleiben, und um nun der Sache ein Ende zu machen, nahm er denn sehr ernsthaft das Wort und sagte:

„Ei, daß so alte Leut' so weit gehen!"

Ole wandte sich, sah ihn zornig an, setzte aber seine Mütze auf, ehe er antwortete:

„Man muß wohl gehen."

„Du wirst müde sein, willst Du nicht eintreten?"

„O, ich ruhe mich schon aus, wo ich stehe, mein Geschäft ist bald abgemacht."

Die Mutter stand hinter der angelehnten Küchenthüre; zwischen ihr und Thore stand der alte Ole. Die Klappe seiner Mütze fiel ihm jetzt, wo das Haar dünn geworden war, über die Augen hinab. Um sehen zu können, legte er den Kopf sehr hinten über; den Stock hielt er in der rechten Hand, die linke stemmte er in die Seite; er that immer so, wenn er nicht gestikulirte, was er aber nie anders that, als indem er den Arm halb hinausstreckte und so, gleichsam um seine Würde zu decken, ihn ruhig vor sich hinhielt.

„Ist das Dein Sohn, der da hinter Dir steht?" begann Ole und stieß die Worte sehr schnell und schneidend aus.

„So sagt man, ja."

„Er heißt Eiwind, nicht wahr?"

„Ja, so nennen sie ihn."

„Er ist in einer dieser Ackerschulen gewesen?"

„Ja, so ist's, ja wohl!"

„Nein, nein — die Mündel mein, sie, die Enkelin mein', Marit, ja, sie ist jetzt ganz wie dumm geworden."

„Das wäre traurig, das."

„Sie will nicht heirathen."

„Ei, sieh' mal an."

„Sie will keinen Einzigen von all den Hofbauernsöhnen, die sich anbieten."

„Ei, Ei!"

„Aber Er soll Schuld daran sein, Er, der da steht."

„Was Du sagst!"

„Er hat ihr den Kopf verdreht; ja, Er da, Eiwind, Dein Sohn."

„Ei, Potztausend!"

„Freilich, aber weißt Du, ich leid' es nicht, daß Jemand mir meine Pferde einfängt, wenn ich sie auf die Weide lasse, und ich leid' es auch nicht, daß Jemand meine Töchter einfängt, wenn ich sie zum Tanze schicke, ich leid' es durchaus nicht!"

„Nein, das versteht sich."

„Ich kann nicht hinterdrein sein, bin alt, kann nicht aufpassen."

„Nein, freilich, freilich!"

„Ja, siehst Du, ich will Ordnung und Manier haben, dort soll der Hackklotz stehen und dort soll die Axt liegen, und dort das Messer; und dort soll gekehrt sein, und dort soll der Kehricht hingethan werden und nicht vor die Thür, sondern in den Winkel, grade dorthin, ja, und nicht wo andershin. Also, wenn ich zu ihr sage: der nicht, aber Der! so soll es Der sein — und nicht Der!"

„Ja, natürlich."

„Aber es ist nicht so, nein! Drei Jahre lang hat sie nein gesagt, und drei Jahre ist es nicht gut zwischen uns gewesen. Das ist von Uebel; und ist Er daran Schuld, so will ich's sagen, daß Du's hörst, Du, der Vater, daß es ihm nichts nützt, es muß ein Ende haben."

„Ja, ja!"

Ole blickte Thore eine Weile schweigend an, endlich sagte er:

„Du bist kurz mit der Antwort."

„Die Wurst ist nicht länger, erwiderte Thore.

Hier konnte Eiwind sich des Lachens nicht erwehren, wenn auch sein Sinn nicht gerade zum Lachen stand. Aber bei frischen Gemüthern liegt die Furcht stets hart an der Grenze des Lachens, und jetzt gerade übertam es ihn, daß er lachen mußte.

„Was lachst Du?" frug Ole kurz und streng.

„Ich?"

„Ja, Du, — lachst Du über mich?"

„Gott behüt'!" Aber diese seine eigene Antwort, steigerte nur seine Lachlust um so mehr.

Ole bemerkte es, und wurde nun ganz außer sich.

Sowohl Thore, als Eiwind versuchten ihn durch ernste Gesichter und durch wiederholtes Bitten, daß er doch ins Haus treten möge, zu beschwichtigen, allein es war der Aerger dreier Jahre, dem er jetzt Luft machen mußte und deshalb war derselbe auch nicht zu beschwichtigen.

„Denke nicht, mich zum Narren zu haben," begann er jetzt; „ich bin in meinem guten Recht, ich sorge für das Glück meines Kindeskindes, so wie ich das Glück verstehe und das Gelächter eines Gelbschnabels soll mich nicht daran hindern. Es erzieht Einer nicht seine Mädchen, um sie in die erste beste Häuslerhütte zu geben, die sich aufthut, und Einer hat nicht Haus und Hof vierzig Jahre regiert, um Alles dem Ersten Besten zu geben, der dem Mädchen 'was aufbindet. Meine eigene Tochter lamentirte so lange, daß ich's zugab, daß sie einen Landstreicher heirathete, und der hat sie alle Beide durch Soff unter die Erde gebracht, und ich mußte das Kind nehmen und die Zeche bezahlen; aber Schwerenoth! der Tochtertochter soll's nicht ebenso ergehen, jetzt weißt Du's! Ich will's Dir sagen, Du, so wahr ich Ole Haidehof heiße, der Prediger wird eher die Waldnymphen und Wassernixen von der Kanzel aufbieten, als Marit und Dich. Du Maulaffe! — Kommt, so ein Gelbschnabel und scheucht die ordentlichen Freier vom Hofe weg. Warte Du, sobald Du mir wieder auf meinem Grund und Boden zu Gesicht kommst, werde ich Dir den Garaus machen! Du denkst wohl, ich weiß nicht, was Ihr wünscht? Hoho! Ihr wünscht, daß der alte Ole Haidehof bald abfahren möchte; wenn er auf dem Kirchhofe liegt, werdet Ihr zum Altar gehen. Aber nein, sag' ich Euch, ich hab' sechsundsechszig Jahre gelebt, und ich werde Dir zeigen, Bursche, wie ich noch leben werde und daß Ihr alle Beide die Gelbsucht bekommen sollt! Mehr noch! Du magst Dich an die Hauswand legen wie frischer Schnee, und Du sollst nicht einmal ihre Fußsohle zu sehen bekommen, denn ich werde sie aus dem Dorfe senden, dahin, wo sie sicher aufgehoben ist, magst Du denn hier umherstreichen wie ein Lachtauber und Regen und Wind an Dein Herz drücken. So! — jetzt bin ich fertig mit Dir; aber nun weißt auch Du, der sein Vater ist, meine Meinung, und willst Du sein Wohl, der da steht, und um den es sich handelt, so wirst Du ihn dazu bringen, daß er den Strom dahin leitet, wo er sich betten kann; über meinen Grund und Boden ist es verboten."

Der Alte drehte sich kurz um, und entfernte sich mit kleinen schnellen Schritten, indem er den rechten Fuß etwas höher hob als den linken und vor sich hin brummte und schimpfte.

Ueber die Zurückbleibenden war voller Ernst gekommen, ein böses Vorzeichen hatte sich in ihren Scherz und ihr Lachen gemischt, und das Haus stand einen Augenblick, wie nach einem großen Schreck, gleichsam leer und öde.

Die Mutter, die von der Küchenthüre aus Alles gehört hatte, blickte Ewind bekümmert, fast mit Thränen im Auge an, aber sie sprach kein Wort, damit sie es ihm nicht noch schwerer mache.

Als sie alle Drei schweigend in's Haus getreten waren, setzte der Vater sich an's Fenster und blickte durch dasselbe mit ernstem Antlitz dem Ole nach.

Das Auge Eiwind's hing an dem Antlitz des Vaters, an jedem Mienenspiel desselben, denn in dem ersten Wort aus dessen Munde würde ja fast die ganze Zukunft für ihn und Marit liegen. Setzte Thore sein Nein mit Ole's zusammen, so würde es hart halten, daran vorbei zu gelangen. Seine Gedanken irrten aufgeschreckt von einem Hinderniß zum andern, er sah einen Augenblick nur Armuth, Widerstand, Misverständniß und gekränktes Ehrgefühl, und Alles, woran er sich anlehnen wollte, entglitt ihm bei näherem Ueberlegen. Seine Unruhe wurde noch dadurch erhöht, daß die Mutter mit der Hand an der Klinke der Küchenthüre stand und nicht den Muth zu haben schien, in der Stube zu bleiben und das Resultat zu vernehmen; sie schlich sich denn auch zuletzt muthlos hinaus.

Eiwind sah unverwandt den Vater an, der seinerseits noch immer aus dem Fenster schaute; zu sprechen wagte er nicht, denn der Vater müsse ja erst seine Gedanken ungestört zu Ende denken. — Aber während dem hatte er die Bahn seiner Seelenangst ganz durchlaufen und indem er einen Blick auf die gerunzelte Stirn des Vaters warf und trotzdem allmälig wieder Haltung gewann, sagte er zu sich selbst: „Zu guter Letzt vermag doch nur Gott uns zu trennen!"

Thore holte endlich tief Athem, erhob sich, ließ sein Auge in der Stube umherschweifen, und es begegnete dem Blicke des Sohnes. Er blieb lange an diesem hangen, dann sagte er:

„Mein Wille wär's, daß Du sie aufgäbest, denn man soll

sich nicht unnöthig vorwärts betteln, auch nicht vorwärts drohen. Willst Du's aber nicht, so sage mir's gelegentlich, und vielleicht könnt' ich Dir dann beistehen."

Thore ging hierauf wieder an seine Arbeit und der Sohn begleitete ihn.

Aber als der Abend heran kam, hatte Einwind auch schon seinen Plan fertig. Er wollte es versuchen, in dem Bezirk, in welchem seine Heimath lag, von der Regierung als Bezirks= Agronom autorisirt zu werden, und wollte den Vorsteher des landwirthschaftlichen Instituts, wo er gewesen, so wie den Schulmeister bitten, ihm hierbei behilflich zu sein. „Hält sie dann aus gegen das Geschick, so werd' ich sie mit Gottes Hilfe durch meine Arbeit gewinnen," sagte er sich.

An diesem Abend wartete er vergeblich auf Marit; aber während er harrend auf dem Berge umherging, sang er sein Lieblingslied:

Heb' Dein Haupt nur, Du frisches Blut!
Bricht eine Hoffnung auch, frischen Muth! —
Glänzst Dir im Aug' eine neue;
Lächelt der Himmel Dir Treue.

Heb' Dein Haupt nur und um Dich schau'!
Sieh', wie es winkt auf des Lebens Au,
Rufet mit tausend Zungen:
Muth nur, dann ist's auch errungen!

Heb' Dein Haupt nur; in eigener Brust
Wölbt auch der Himmel sich voller Lust,
Dort auch, auf hohen Schwingen,
Tönen die Harfen und klingen.

Heb' Dein Haupt nur, hinaus es fing:
Nimmer ein frisches Reis verging!
Wo nur die Kräfte gähren,
Treibt es und kommt zu Ehren.

Heb' Dein Haupt nur, kräftigend, rein
Wird Dir die strahlende Hoffnung weih'n, —
Sie, die die Welt umwebet,
Sie, die in Allem lebet.

## XI.

Es war gerade um die Zeit der Mittagsruhe; die Leute auf Haidehof schliefen, das Heu lag ausgestreut auf dem Wiesenabhang, die Rechen standen aufrecht in den Boden getrieben. In der Nähe der Scheune stand der Heuwagen, das Pferdegeschirr lag neben demselben, und die Pferde grasten am Strick eine kleine Strecke von dem Wagen entfernt. Außer diesen und einigen Hühnern hier und da, die sich in das Ackerfeld verlaufen hatten, war weit und breit kein lebendes Wesen zu erblicken.

In dem über den Haidehof emporragenden Felsen war eine Kluft, durch welche der Weg auf die Sennweiden, große grasreiche Felsenwiesen führte.

Oben in der Kluft stand heute ein Mann und schaute über die Ebene hinaus, als wenn er Jemand erwarte. Hinter ihm lag ein kleiner Felsensee, aus welchem sich ein Strom durch die Kluft ergoß; um dieses Wasser herum liefen an beiden Seiten Wege für's Vieh nach den Sennweiden; diese Weiden selbst konnte man von hier weit hin überschauen.

Es jodelte und bellte aus der Ferne her, das Schellengeläute der Kühe tönte von den Felsenwänden wider, denn das Vieh ging durch und suchte das Wasser, Hunde und Hirten bemühten sich vergeblich es zusammenzutreiben. Die Kühe kamen in wunderlichen Sprüngen angesetzt und liefen mit kurzem, wildem Gebrüll gerade in das Wasser hinein, wo sie dann stehen blieben; ihre Glocken und Schellen tönten über das Wasser hinaus wenn sie den Kopf bewegten. Die Hunde tranken ein wenig, blieben aber zurück auf dem festen Lande, auch die Hirten verschiedener Gehöfte kamen bald an's Wasser und setzten sich auf den warmen glatten Felsen nieder. Hier zogen sie ihr mitgebrachtes kaltes Mittagsbrot hervor, aßen, tauschten wohl auch dasselbe gegenseitig mit einander aus, prahlten mit ihren Hunden, Ochsen und Hausherren, zogen sich später die Kleider aus und sprangen in's Wasser in Gemeinschaft mit den Kühen. Die Hunde waren nicht in's Wasser zu locken, sie schlichen träge mit hängendem Kopfe, erhitzten Augen und heraushängender Zunge umher. Ringsum im Gebirge erblickte man keinen Vogel; kein Laut war zu vernehmen außer dem Geschwätz der Hirten und dem Schellengeläute der Kühe; das Haidekraut stand welk und versengt an den Abhängen; die Sonne erhitzte diese und die Felswände, und Alles verschmachtete in der Gluth.

Eiwind war es, der dort oben in der Mittagssonne harrte. Er hatte seine Jacke ausgezogen und saß jetzt in Hemdärmeln dicht an dem kleinen Fluß, der aus dem Felsensee in die Kluft hinabströmte. Noch zeigte sich Niemand auf der Ebene um den Haidehof, und er begann schon sich zu beunruhigen. Da lungerte endlich ein großer Hund aus einer Thür des Haidehofs heraus und hinter demselben ein Mädchen in Hemdärmeln. Es war Marit; sie lief über die Heufelder dahin, den Berg hinan. Eiwind hätte ihr gar gern entgegen gejodelt, allein er durfte es nicht wagen. Er richtete einen prüfenden Blick nach dem Hof, ob auch dort Niemand zufällig aus dem Hause trete und sie bemerke, allein er sah Niemand und bald war sie so weit vom Hofe entfernt, daß das hügelige Terrain sie gegen Entdeckung schützte. Die Ungeduld ließ ihn nicht mehr sitzen, er richtete sich wiederholt auf.

Endlich kam sie heran längs des Stromes, der Hund ihr ein wenig voraus, die Schnauze witternd hoch in die Luft haltend, sie hin und wieder das Gestrüpp erfassend, um den mühsamen Gang bergan zu beschleunigen. Eiwind sprang ihr entgegen den Berg hinab, der Hund knurrte und sie hieß ihn schweigen. Kaum aber sah sie Eiwind kommen, als sie sich auf einen großen Stein setzte; das Blut war ihr auf dem Gange zu Kopfe gestiegen, sie glühte, und war müde und erschöpft von der Hitze. Er schwang sich neben sie auf den Stein empor, indem er sagte:

„Schön' Dank, Marit, daß Du kommst!"

„Ach, die Hitze und der Weg! Hast Du lange gewartet, Eiwind?"

„Nein. — Seitdem sie uns aufpassen, müssen wir die Mittagsstunde benutzen. Aber von jetzt an, denk' ich, nehmen wir's nicht so heimlich und mühsam! gerade davon wollt' ich heute mit Dir reden."

„Nicht heimlich?"

„Ich weiß schon, daß Alles, was heimlich zugeht, Dir am besten gefällt: aber es gefällt Dir ja auch Muth zu zeigen. Heute hab' ich Dir viel zu sagen, höre mir zu, Marit."

„Ist's denn wahr, daß Du Bezirks-Agronom werden willst?"

„Freilich ist's wahr, und ich werde es schon erreichen. Ich habe dabei zwei Absichten: erstens werd' ich dadurch eine Stellung haben, und zweitens — und das ist die Hauptsache — werd' ich Etwas ausrichten was Dein Großvater sehen und beurtheilen kann. Es trifft sich grad' gut, daß viele Großbauern hier um den Haidehof herum junge Leute sind, die

Verbesserungen und Hilfe wollen, Geld haben sie auch. Ich
fange bei diesen an, ich werde Alles verbessern, die Viehställe
und die Wasserleitungen, Alles; ich werde sie unterrichten und
werde arbeiten, ich werde den Alten sozusagen, mit guten
Werken belagern."

„Sieh', das ist kühn gesprochen, weiter, Eiwind!"

„Was ich sonst noch zu sagen habe, betrifft uns Beide.
Ich meine, Du darfst nicht wegreisen, Marit."

„Wenn's der Großvater aber befiehlt?"

„Und nichts geheim halten, was uns Beide angeht."

„Wenn er mir aber Vorwürfe macht?"

„Aber wir erlangen mehr und schützen uns besser, wenn
wir in Allem offen zu Werke gehen. Wir müssen gerade dafür
sorgen, daß die Leute uns sehen, damit sie immer davon zu
reden haben, wie sehr wir uns lieben; um so eher werden sie
wünschen, daß es uns gut gehe. Du darfst nicht fortreisen.
Die, welche getrennt werden, laufen Gefahr, daß das Ge=
spräch böser Zungen sich zwischen sie drängt, und glaubt man
auch nicht im ersten Jahre daran, so fängt man doch vielleicht
allmälig im zweiten Jahre an etwas darauf zu geben. Wir
Beide wollen uns Ein Mal in jeder Woche sehen, und alles
Böse verlachen, das die Leute zwischen uns drängen möchten;
wir wollen uns beim Tanze sehen und wir wollen zusammen
tanzen und den Takt treten, daß es knackt, während die Leute
ringsum sitzen, die uns verleumden. Wir wollen uns Sonn=
tags bei der Kirche treffen und uns grüßen, daß es alle Die=
jenigen sehen, die uns hundert Meilen von einander entfernt
wünschen möchten. Macht Jemand ein Spottlied auf uns,
so sitzen wir beisammen und versuchen es, auch ein Lied zur
Antwort zu machen, es wird schon gehen, wenn Einer dem

Andern beisteht. Niemand kann uns was anhaben, wenn wir zusammenhalten und den Leuten zeigen, daß wir's thun. Alle unglückliche Liebe ist nur für furchtsame Leute, oder schwache Leute, oder kranke Leute, oder berechnende Leute, die umherschleichen und die Gelegenheit auflauern, die, sie wie meinen, kommen wird, oder listige Leute, die zuletzt in ihre eigenen Schlingen fallen, oder sinnliche Leute, die sich nicht so lieben, daß Stand und Unterschied durch die Liebe in Vergessenheit kommen, — die gehen umher und verstecken sich vor den Leuten, und schicken Briefe; sie zittern bei einem unverhofften Wort; und die Furcht und diese immerwährende Unruhe und das Prickeln des Blutes, halten sie dann zuletzt für Liebe, und fühlen sich unglücklich und schmelzen und zerfließen wie aufgelöster Zucker. Zum Guckuk! hätten sie sich recht von Herzen lieb, so würden sie sich nicht fürchten, sie würden lachen und jedes Lächeln und jedes Wort von ihnen würde grade und offen auf die Kirchthüre zeigen. Hab' ich's doch in Briefen gelesen und hab's auch selber gesehen: es ist schlecht bestellt mit der Liebe, die auf Schleichwegen geht. Sie muß zwar heimlich beginnen, weil sie in Verschämtheit beginnt, aber sie muß offen leben, weil sie in Freude lebt. Es ist grad' wie beim Laubwechsel: das, was wachsen soll, das kann sich nicht verstecken, und überhaupt wirst Du schon gesehen haben, daß Alles, was am Baume dürr und vertrocknet ist, abfällt sobald das neue Laub ausschlägt. Derjenige, bei dem die Liebe einzieht, läßt all' das alte todte Zeug los, das er früher festhielt, die Säfte gähren und quellen — und das sollte Niemand bemerken? Hoihei! Mädel, freuen sollen sie sich, weil sie uns fröhlich sehen; zwei Liebende, die ausharren und sich nicht beirren lassen, — ei, das muß den Leuten wohlthun, es ist wie ein Lied, ein Gedicht, das die Kinder auswendig lernen, den ungläubigen Eltern zur Beschämung. Ich hab' von vielen solchen Liebenden gelesen, ja es sind auch Geschichten von solchen in unserer Gegend noch lebendig, und gerade die Kinder der Leute, die damals hart und böse waren, sind es, die jetzt die Geschichten erzählen und bei solcher Liebe gerührt werden. Ja, Marit, reich' mir die Hand, so, ja, und nun versprechen wir einander, zusammen zu halten und auszuharren, so, ja, und so wird's auch gehen und gut werden, Hurrah!"

Er wollte sie an den Kopf fassen und küssen, aber sie wandte sich ab und glitt von dem Felsblock, auf dem sie Beide saßen, hinunter.

Er blieb sitzen und sie kehrte wieder zu ihm zurück, und, die Arme auf seine Knie gelehnt, blieb sie vor ihm stehen und sprach ihm in's Auge schauend:

„Aber, Eiwind," sagte sie, „wenn der Großvater nun durchaus will, daß ich reisen soll, was dann?"

„Was dann? — Dann sagst Du ‚Nein,' rund weg ‚Nein!'"

„Aber, Lieber, geht das denn auch?"

„Er kann Dich doch nicht in den Wagen hinaus tragen?"

„Wenn auch das nicht gerade, so könnte er mich doch auf andere Weise zwingen."

„Das seh' ich nicht ein; Gehorsam bist Du ihm schuldig, so lange es keine Sünde ist, aber Du hast wohl auch die Verpflichtung ihm frisch weg zu sagen und zu zeigen, wie schwer es Dir diesmal ist, zu gehorchen. Ich sollt' meinen, er würd' sich besinnen, wenn er's erfährt, jetzt glaubt er, wie die meisten andern Leute, daß es nur Kinderpossen sind. Zeig' ihm, daß es mehr ist."

„Glaub' mir, Eiwind, es ist nicht grad' mit ihm zu spaßen. Er bewacht mich gut, ich bin ja wie an der Leine geführt."

„Aber Du reißt die Leine mehrere Male alle Tage entzwei."

„Ich? Das ist nicht wahr!"

„Es ist wohl wahr, — jedes Mal wenn Du an mich denkst, reißt Du sie entzwei."

„Ja, — so. Aber woher weißt Du denn, daß ich so oft an Dich denke."

„Würdest Du denn sonst hier sitzen, Marit?"

„Lieber, Du schicktest ja zu mir, daß ich kommen sollte."

„Und Du kamst, weil die Gedanken Dir keine Ruhe ließen."

„Warum nicht weil das Wetter so schön ist?"

„Sagtest Du doch vorhin, es sei zu warm."

„Ja, um bergan zu gehen, freilich; aber bergab?"

„Warum bist Du denn bergan gegangen?"

„Nun — um wieder zurück zu laufen."

„Warum läufst Du denn nicht?"

„Ich muß doch ausruhen!"

„Und mit mir von Liebe reden?"

„Wollt' ich Dir doch die Freude machen, Dich anzuhören."

„Während die Vögel sangen,"

„Und die Andern schliefen fest und taub,"

„Und die Glocken klangen,"

„In des Waldes grünem Laub."

Bei diesen Worten gewahrten Beide Marit's Großvater, wie er aus dem Hause auf den Hof trat und die Klingelschnur zog, um die Leute aus dem Mittagsschlaf zu wecken.

Diese kamen aus Scheunen und Ställen und Schuppen zum Vorschein, gingen schlaftrunken zu den Pferden, griffen wieder zu Rechen und anderen Geräthschaften, zerstreuten sich auf dem Felde, und nach wenigen Augenblicken herrschte wieder ringsum Leben und Arbeit.

Nur der Großvater ging auf dem Hof umher, blickte bald hier, bald dort in Ställe und Scheunen hinein, stieg zuletzt gar auf die oberste Stufe einer Leiter, die auf den Heuboden führte und schaute über die Gegend hinaus. Ein Knabe sprang zu ihm hin, wahrscheinlich hatte er ihn gerufen: ja, der Knabe eilte ganz richtig in der Richtung nach dem Platz am See zu, wo Eiwind's Eltern wohnten, der Großvater machte wieder eine Runde über den Hofplatz, er schaute dabei oft zu den Bergen empor; allein es ahnte ihm wohl am wenigsten, daß der schwarze Punkt oben am großen Felsblock Marit und Eiwind seien.

Aber zum zweiten Male war Marit's großer Hund der Störenfried. Der Hund sah ein fremdes Fuhrwerk in den Haidehof hineinfahren, und in dem Wahn, er befinde sich selber dort in der Ausübung seines Hofamtes, schlug er an und bellte bald aus voller Kehle.

Eiwind und Marit bestrebten sich zwar, den Hund zum Schweigen zu bringen, allein derselbe war nun einmal in Zorn gerathen und wollte sich nicht besänftigen lassen, — dabei stand der Großvater noch immer dort und schaute ununterbrochen nach ihnen hinauf. — Es sollte aber noch schlimmer kommen, denn alle die Hirtenhunde vernahmen mit Erstaunen die fremde Stimme und kamen herangestürzt. Als sie den großen wolfsähnlichen Hund Marit's erblickten, fuhren sie alle im Verein auf ihn los. — Marit erschrak dermaßen, daß sie

9*

ohne Abschied zu nehmen davon lief. Eiwind schlug auf die Hunde los, aber diese ließen nicht ab, sie zogen sich nur kämpfend und heulend und bellend immer weiter nach dem Waldstrome zu, Eiwind immer hinterher, und erst als die Hunde dicht an eine ziemlich hohe Stelle des Ufers gerathen waren, gelang es ihm, sie alle auf einmal in's Wasser zu stoßen; verdutzt gingen sie jetzt endlich aus einander und der Lärm hatte ein Ende.

Eiwind ging durch den Wald, bis er den Thalweg zum See erreichte; Marit aber begegnete dem Großvater oben an der Hofumzäunung; das hatte sie dem Hunde zu verdanken.

"Woher kommst denn Du?" rief ihr der Alte zu.

"Ich komm' vom Walde her."

"Was hast Du im Walde zu thun gehabt?"

"Ich habe Erdbeeren gesucht."

"Das ist nicht wahr."

"Nein, das ist's auch nicht."

"Was hast Du denn im Wald gemacht?"

"Ich sprach mit Jemand."

"Wohl mit dem Eiwind, dem Burschen vom See dort unten?"

"Ja."

"Ich will Dir was sagen, Marit; Morgen reisest Du ab."

"Nein."

"Nein? — höre Marit, ich will Dir nur Eins sagen, ich will es so, Du sollst reisen."

"Du kannst mich doch nicht in den Wagen hinaustragen?"

"Nicht? Kann ich nicht?"

"Nein, denn Du willst es nicht."

„Ich will nicht? Höre, Marit, ich will Dir blos zum Spaß sagen, siehst Du, blos zum Spaß, daß ich dem Burschen die Rippen zerschlagen werde.

„Nein, das wagst Du denn doch nicht."

„Was, ich wag's nicht? Sagst Du, ich wag's nicht? Wer würde mir denn dafür was thun? He?

„Der Schulmeister."

„Schul — Schulmeister? Was kümmert das den Schul=meister? Was hat er mit dem Burschen zu thun?"

„Ist's doch der Schulmeister, der ihn auf dem Institut er=halten hat."

„Der Schulmeister?"

„Ja, der Schulmeister!"

„Höre, Marit, ich will dies Treiben nicht haben, hörst Du, Du mußt aus dem Dorfe fort. Du machst mir nur Sorge und Kummer; so war es auch mit Deiner Mutter, nur Sorge und Kummer! Ich bin ein alter Mann, ich will Dich gut versorgt wissen; ich will nicht wie ein Narr im Volksmunde sein der Sache wegen; ich will ja nur Dein eigenes Bestes, Du sollst mir Dank dafür wissen, Marit. Mit mir wird's bald aus sein, und Du wirst allein da stehen. Wie würde es Deiner Mutter ergangen sein, wäre ich nicht da gewesen. Höre was ich Dir sage, Marit, sei gescheidt, thu' was ich Dir sage; ich will ja nur Dein Bestes."

„Nein, das willst Du nicht."

„Was? Und was will ich denn?"

„Deinen Willen haben, das willst Du; nach meinem Willen fragst Du gar nicht."

„Du willst auch einen Willen haben, Du Kick=in=die=Welt? Du meinst wohl gar zu wissen, was zu Deinem eigenen Besten dient, Du Närrin? Ich werde Dir die Ruthe geben, werd' ich, so groß und lang Du bist. — — Aber laß uns vernünftig und freundlich mit einander reden, Marit; — Du bist ja sonst so gescheidt, aber Du bist hierin ganz wie verstört und bethört. Höre, was ich Dir sage, ich bin ein alter erfahrner Mann. Wir wollen ganz gemüthlich mit einander plaudern, Marit, — es steht nicht gerade so gut mit mir, wie die Leute es meinen, ein loser Vogel, der nichts hat, kann bald mit dem Wenigen davonfliegen, was ich hab'; Dein Vater, Du, griff es schon hart an. Denken wir an uns selbst in dieser Welt; sie ist's nicht besser werth. Der Schulmeister hat gut reden, er hat selbst Geld, das hat der Prediger auch, die haben gut predigen, die. Aber wir, die wir für's Brot arbeiten müssen, mit uns ist's freilich anders. Ich bin alt, ich weiß viel, ich hab' viel gesehen. Die Liebe, siehst Du, die mag ganz gut sein, ja, es spricht sich ganz schön davon, oh ja, aber es ist nichts damit; für Predigerleute und Stadtleute und dergleichen, ja, die Bauern aber müssen das anders anfassen. Erst was in den Magen, siehst Du, dann Gottes Wort, dann ein wenig Schreiben und Rechnen, und dann erst ein wenig Liebe, wenn's sich so macht; aber es geht nun und nimmermehr mit der Liebe anfangen und mit dem Essen enden. Nun, was meinst Du dazu, Marit?"

„Ich weiß nicht."

„Du weißt nicht?"

„Ja doch, ich weiß es."

„Nun?"

„Soll ich's denn sagen?"

„Freilich, sollst Du es sagen."

„Ich geb' schon recht viel auf die Liebe."

Der Alte blieb bei diesen Worten einen Augenblick wie entsetzt stehen; aber bald erinnerte er sich dann an die Hunderte von ähnlichen Gesprächen, die denselben Ausgang gehabt hatten, schüttelte den Kopf, wandte ihr den Rücken und ging allein auf's Feld.

Hier fuhr er grimmig die Arbeiter an, schalt die Knechte und Mägde, schlug den großen Hund, der ihm gefolgt war, und ängstigte ein kleines Huhn, welches auf das Ackerland gerathen war, fast zu Tode. Zu Marit sagte er aber weiter nichts.

Als Marit diesen Abend zur Ruhe ging war sie so fröhlich, daß sie erst ihr Kammerfenster öffnete und lange in die Landschaft hinaus schaute. Von Eiwind hatte sie ein kleines Büchelchen mit Liebesliedern erhalten, eins von diesen sang sie leise in die stille Sommernacht hinaus:

> Lieber, liebst Du mich,
> Lieb' ich wieder Dich,
> Immer all' mein Lebetage;
> Mußt' des Sommers Grün
> Auch gar schnell verblüh'n,
> Wieder kehrt's, bringt Liebestage.
>
> Was Du sprachst zu mir,
> Treulich trag' ich's hier,
> Hier im Herzen heg' ich's immer;
> Auch bei Schnee und Eis
> Bleibt das Herz mir heiß,
> Und die Lieb' vergeß' ich nimmer.
>
> Littli=littli=lun,
> Hörst Du Bursch' mich nun,
> Hinter Wald und Birkenhaide? —

Wie Du sprichst! Es lacht
Durch die finst're Nacht,
Daß ich lauf' davon und scheide.

Stille, still! ich muß —
Nein, von Lieb' und Kuß
Hab' ich nimmermehr gesungen.
Oh, es haben Dir,
Glaub' es Bursch' doch mir,
Nur die Ohren 'mal geklungen.

Gute Nacht! Gut' Nacht!
Mir im Traume lacht
Deines Auges Blau schon wieder.
Und die Worte süß,
Die zu meinen Füß'
Du einst sprachst wie Liebeslieder.

Jetzt, das Fenster zu —
Geh' zur Ruh', zur Ruh'! —
Wolltest Du mir sonst 'was sagen?
Oh, Du winkst und lachst,
Lieber, wie Du fragst!
Könnt' ich Liebe Dir versagen!

## XII.

Einige Jahre sind seit dem letzten Auftritte verstrichen. An einem Herbsttage sehen wir den Schulmeister nach dem Haidehof wandern. Dort angekommen, macht er die Hausthüre auf und geht hinein, findet aber Niemand auf der Hausflur; er schließt noch eine Thüre auf, findet aber noch keinen Menschen, und so schreitet er denn weiter durch mehrere Zimmer und Kammern, bis in das hinterste Gemach des großen langen Hauses. Hier endlich findet er den alten Ole; derselbe sitzt allein auf einem Stuhl vor seinem Bette und betrachtet seine Hände.

Der Schulmeister grüßt und wird wieder mit einem „Guten Tag und willkommen hier," gegrüßt; darauf nimmt er einen Stuhl und setzt sich Ole gegenüber.

„Du hast mich zu Dir kommen heißen, Ole," sagte er.

„Ja, freilich, ich danke Dir."

Der Schulmeister steckt sich einen frischen Tabakspriem in den Mund und sieht sich in der Kammer um, dann nimmt er ein Buch zur Hand, welches auf der Bank neben dem Bette Ole's lag, und blättert in demselben. Endlich sagt er:

„Und was hast Du mir denn zu sagen, Ole?"

„Ja, ich sitze grad' und denke darüber nach."

Der Schulmeister schweigt eine Weile, sucht seine Brille hervor, um den Titel des Buchs zu lesen, wischt die Brille ab, setzt sie sich auf die Nase und blättert wieder im Buche. Ohne aufzublicken sagt er dann:

„Du wirst nach gerade alt jetzt, Ole."

„Ja, darüber wollt' ich grad' mit Dir reden. Es geht rückwärts jetzt, ich werd' bald da liegen."

„Dann mußt Du aber machen, daß Du gut liegen kannst, Ole."

Der Schulmeister schlägt das Buch zu und besieht sich den Einband.

„Das ist ein gutes Buch, das Du da in Händen hast," sagte Ole.

„Das Buch ist nicht übel; — hast Du viel darin gelesen, Ole?"

„Früher, ja, — in der letzten Zeit ist's — —"

Der Schulmeister legt nun das Buch bei Seite und steckt seine Brille ein, indem er sagt:

„Es geht Dir wohl nicht so recht wie Du's wünschen möchtest in der letzten Zeit?"

„Das ist nun so gewesen, so lang' ich denken kann."

„Ja, ja, so ging's mir auch 'mal. Ich war uneins mit einem guten Freund und wollte der sollte zu mir kommen, und so lange stand's auch schlecht mit mir. Da fiel's mir ein zu ihm zu gehen, und seitdem ist's gut gewesen."

Ole blickt den Schulmeister an, aber er schweigt.

„Wie geht's denn mit dem Gehöft, mit der Wirthschaft, Ole?" fragte der Schulmeister.

„Rückwärts geht's, wie ich selber."

„Wer soll's Gehöft haben, wenn Du Dich hinlegst?"

„Ja — ja, das ist's eben, was ich nicht weiß; das ist's auch, was mich so wurmt."

„Bei Deinen Nachbarn hier herum, Ole, geht's jetzt gut."

„Ja, die haben diesen Agronomen zur Hilfe, die."

Der Schulmeister schwieg einige Augenblicke, während welchen er sich mit gleichgiltiger Miene nach dem Fenster wandte und hinausschaute. Als er Ole wieder anblickte, sagte er:

„Du solltest Dich auch nach Hilfe umsehen, Du, Ole. Viel gehen und Aufsicht-führen kannst Du nicht, und von den neuen Einrichtungen weißt Du auch nicht viel."

„'s giebt schwerlich Jemand, der mir helfen wollte."

„Hast Du denn um Hilfe gebeten?"

Hier schwieg Ole. Der Schulmeister fuhr nach einer kleinen Pause fort:

„Siehst Du, Ole, grad' so war's auch lange Zeit mit mir und dem lieben Gott. — Du bist nicht gut gegen mich, sagt' ich zum lieben Gott. — Hast Du mich darum gebeten? fragte er. — Nein, das hatte ich freilich nicht; aber so bat ich denn darum, und seitdem ist's mir wahrlich sehr gut gegangen."

Ole schwieg noch immer, und jetzt schwieg auch der Schulmeister.

Endlich aber sagte Ole:

„Ich hab' ein Enkelkind, Marit; sie weiß wohl, was mich freuen würde, ehe ich hingetragen werde, aber sie thut's nicht."

Der Schulmeister lächelte und sagte:

„Kann sein, daß es ihr keine Freude macht."

Ole schwieg hierzu.

„Ja," — fuhr der Schulmeister fort, — „es sind viele Dinge, die Dich quälen, aber soweit ich's verstehe, dreht sich Alles doch zuletzt um das Gehöft."

„Ach ja," antwortete Ole nun mit einem Seufzer, „das

Gehöft ist von Vater auf Sohn durch viele Geschlechter ge=
gangen, und hat einen guten Boden. Alles, was Einer nach
dem Andern, mein Großvater und Vater erübrigt haben, liegt
drin; aber es wächst jetzt nicht. Auch weiß ich nicht, wenn
sie mich herausfahren, wer dann hereinfahren wird. Aus dem
Geschlecht wird er nicht sein."

„Dein Enkelkind, Marit, wird ja das Geschlecht fort=
pflanzen."

„Aber Der, der sie nimmt, wie wird er das Gehöft
nehmen? Das gerade möcht' ich wissen, ehe ich heraus=
gefahren werde; es hat Eile, Vard, mit mir und auch mit
dem Gehöft."

Beide saßen einander nun eine Weile schweigend gegenüber
bis der Schulmeister wieder das Wort nahm und sagte:

„Ich schlage vor, Ole, daß wir bei dem guten Wetter
hinausgehen und uns draußen ein wenig umschauen."

„Ja, thun wir das. Ich hab' Tagelöhner droben im
Gebirge, sie sollen die Bäume abblättern für's Vieh, aber sie
arbeiten nur wenn ich dabei stehe und die Aufsicht führe."

Und Ole humpelt nach dem Stock und der großen Mütze,
während er noch hinzufügt:

„Sie haben keine Lust bei mir zu arbeiten, ich verstehe
nicht wie das zusammenhängt."

Als sie im Freien waren und um das Haus bogen, blieb
er stehen:

„Siehst Du, Schulmeister, keine Ordnung; das Holz
rings umher geschleudert, die Axt nicht in den Haublock ge=
setzt."

Er bückte sich mühsam, hob die Axt auf und hieb sie fest.

„Hier, siehst Du," — fuhr er fort, — „hier liegt ein

Fell, das heruntergefallen ist, aber ob Jemand es wieder aufgehoben hat!" — Er hob es auf. „Und hier das Vorrathshaus, meinst Du, die Leiter wäre bei Seite gestellt?" — Er trug die Leiter fort. „So geht's alle Tage."

Indem sie bergan schritten tönte ihnen fröhliches Singen entgegen.

„Ei, sie singen bei der Arbeit!" sagte der Schulmeister.

„Das ist der Sohn meines Nachbars Knut, der da singt; er holt Laub für seinen Vater. Dort, weiter rechts, arbeiten meine Leute, die singen gewiß nicht." — Nach einer Weile fügte Ole noch hinzu: „Das sind keine von unseren Liedern, ich habe sie hier noch nie gehört."

„Nein, ich auch nicht," antwortete der Schulmeister.

„Eiwind, der Bezirksagronom, hat viel bei Knut zu thun," sagte der Schulmeister, „er kommt dort oft hin, vielleicht ist's ein Lied von denen, die er mit nach Hause gebracht hat, — wo der ist, wird viel gesungen."

Aber hierauf antwortete Ole nichts.

Das Feld, über welches sie gingen, war nicht gut bestellt, es fehlte ihm die gehörige Pflege. Der Schulmeister bemerkte es und Ole blieb nun stehen.

„Ich habe die Kraft nicht mehr dazu, ich kann nicht mehr," sagte er fast zu Thränen gerührt. „Fremde Arbeiter ohne Aufsicht, das ist zu theuer. Aber, glaub' mir, es thut weh, über solch' ein Feld zu gehen."

Sie sprachen nun viel über das Gehöft, dessen Größe und über die Aecker, die vorzugsweise besserer Pflege bedurften, und entschlossen sich endlich, den Berg ganz zu ersteigen, um von dort die Felder zu überschauen.

Mühsam und nach langer Wanderung erreichten sie einen

hohen, freien Platz, von welchem aus sie das ganze Gehöft
überschauten. Hier blieben sie stehen, Ole war bewegt.

„Ich möcht' es nicht gern so verlassen, wie es jetzt aussieht,"
sagte er, „dort unten haben wir gearbeitet, mein Vater und
ich, aber es ist nicht mehr zu sehen."

Da erklang gerade über ihre Köpfe weg ein Lied mit der
eigenthümlichen Schärfe, die eine Knabenstimme besitzt, wenn
sie aus voller Kehle einsetzt. Sie waren nicht weit von dem
Baum, an welchem der Sohn des Nachbars Knut saß und
Laub für seinen Vater fällte; unwillkürlich mußten sie Dem
horchen, was der Knabe sang:

> Steigst Du auf des Berges Höh'
> Thust den Ranzen schnüren,
> Leg' nicht mehr hinein, als Du
> Leicht mit Dir kannst führen.
> Trage nicht des Thales Zwang
> Auf die freien Höhen,
> Laß ihn unten, — im Gesang
> Wird er leicht verwehen.

> Vögel grüßen Dich vom Zweig,
> Das Geschwätz der Leute
> In der freien Luft verstummt,
> Giebt Dir kein Geleite;
> Deiner Kindheit süße Lust,
> Sie kehrt fröhlich wieder,
> Wenn aus voller, freier Brust
> Singst die alten Lieder.

> Und wenn Du verstummst, da braust
> Auf den stillen Wegen
> Dir das ew'ge Hohelied
> Der Natur entgegen.

Aus dem Felsenbach, dem Wind,
Aus des Felssteins Rollen
Spricht ein Gott zu seinem Kind,
Läutert Thun und Wollen.

Beb' und bet', geängstigt Herz,
Wegen Deiner Sünden! —
Vorwärts dann, Dein beff'res Ich
Wirst Du oben finden:
Auf den Höhen Jesus Christ,
Elias und Moses,
Geh'n wie ehedem, — es ist
Wohl die Fahrt zu loben.

Ole hatte sich auf einen großen Stein gesetzt; er bedeckte sein Gesicht mit beiden Händen.

„Hier will ich Dir aber etwas sagen," nahm der Schulmeister das Wort und setzte sich neben Ole.

---

Unten am See war Eiwind gerade von einer längeren Reise zurückgekehrt. Der Wagen stand noch vor Thore's Haus, weil das Pferd ausruhen sollte.

Eiwind hatte jetzt guten Verdienst als Bezirksagronom, aber er wohnte doch noch immer in der kleinen Kammer bei seinen Eltern in dem Häuschen am See und ging stets, wenn er zu Hause war, seinem Vater bei der Arbeit zur Hand. Das bischen Land, was zum Hause gehörte, war von einem Ende zum andern bebaut, aber der Umfang war so gering, daß Eiwind es immer „Mutter ihr Puppenspiel" nannte, denn es war namentlich die Mutter, die ihr Augenmerk auf den Ackerbau hatte.

Eiwind hatte sich so eben umgezogen, der Vater war von der Mühle gekommen, ganz weiß von Mehl, und hatte sich ebenfalls umgezogen. Sie waren eben im Begriff noch vor dem Abendessen einen Gang zusammen nach dem See hinab zu machen, als die Mutter ganz blaß zur Thür hereintrat:

„Es kommt seltener Besuch auf's Haus zu," sagte sie, „blickt mal aus dem Fenster."

Beide Männer eilten an's Fenster und Eiwind rief zuerst aus:

„Es ist der Schulmeister und — ja, ich glaub' wahrhaftig — ja wohl, er ist's!"

„Ja freilich, es ist der alte Ole Haidehof," sagte nun auch Thore, indem er vom Fenster ging, um nicht gesehen zu werden, denn die Beiden waren schon ganz nahe am Hause.

Indem Eiwind vom Fenster zurücktrat, bekam er einen Blick vom Schulmeister; Bard lächelte und blickte darauf zurück auf den alten Ole, der mit seinem Stocke und den kleinen kurzen Schritten, das eine Bein immer höher hebend als das andere, heran humpelte. Man vernahm schon des Schul=meisters Stimme von außen, indem er sagte:

„Eiwind wird wohl eben von der Reise gekommen sein."

Wozu Ole zweimal ein kurzes: „Ah, so, so!" verlauten ließ.

Die Beiden blieben lange auf der Hausflur stehen. In der Stube hatte die Mutter sich in einen Winkel gedrückt, Eiwind hatte seinen Lieblingsplatz eingenommen, nämlich den Rücken an den großen Tisch gelehnt, das Gesicht nach der Thür gewendet; der Vater saß neben ihm.

Endlich klopfte es an, und herein trat der Schulmeister und

zog den Hut ab, hinter ihm kam Ole, der die Mütze abzog und sich darauf umdrehte nach der Thüre, um diese zu schließen; es ging Alles sehr langsam und umständlich mit Ole, es war nicht zu verkennen, daß er sich verlegen fühlte.

Thore erhob sich, bat seine Gäste sich zu setzen, und sie setzten sich neben einander auf die Bank am Fenster. Auch Thore setzte sich wieder.

Und so wie es nun erzählt werden soll, fand also die Werbung statt.

„Schönes Wetter doch, diesen Herbst," sagte der Schulmeister.

„Ja, es hat sich gemacht in der letzten Zeit," antwortete Thore.

„Es wird sich wohl auch lange so halten, bei dem Winde."

„Seid Ihr mit der Ernte durch bei Euch?"

„Das nicht; Ole Haidehof hier, den Du vielleicht kennst, wünscht Deinen Beistand, Eiwind, wenn sonst nichts dawider ist."

„Wenn mein Beistand verlangt wird, werde ich thun, was ich vermag."

„Ja, es ist aber wohl nicht gerade so blos auf kurze Zeit gemeint. Es geht nicht recht vorwärts mit dem Gehöft, meint er, und er glaubt, daß ihm die rechte Betriebsart und Aufsicht fehlt."

„Ich bin leider wenig zu Hause," antwortete Eiwind.

Der Schulmeister blickte nun Ole an. Dieser fühlte, daß er nun in's Feuer rücken müsse; er räusperte sich ein paar Mal und begann nun in seiner schnellen, kurzen Weise stammelnd:

„Es war, — es ist, siehst Du, — ja, — es wäre so meine Meinung, daß Du — so — — daß Du solltest, ja so

Ein frischer Bursche.

zu Hause bei uns sein solltest, — bei uns wohnen solltest, wenn Du nichts anderswo zu thun hättest."

„Ich sage Dir schön' Dank, Ole Haidehof, aber ich wohne gut, und bleibe gern hier wohnen, wo ich einmal bin," antwortete Eiwind.

Jetzt sah Ole den Schulmeister an, als wüßte er nicht, was er weiter sagen sollte.

Und der Schulmeister nahm dann auch wieder das Wort, indem er sagte:

„Ole versitzt sich wohl heute in der Rede. Die Sache ist die, daß er schon ein Mal früher hier gewesen, und daß ihm die Worte von damals, wenn er sich dessen erinnert, so ein wenig in die Kreuz und Quer' kommen."

„Ja, ja, so ist's, ja!" versetzte nun Ole rasch; „ja wohl, ich hatte mich aber so lange mit dem Mädchen herumgezerrt, daß ich ganz aus Rand und Band gekommen war. Aber laß das vergessen sein; der Sturm schlägt das Getreide zu Boden, ein bischen frische Kühlte thut ihm wohl, der Regenbach löst einen großen Felsen ab; der Maischnee bleibt nicht lange liegen; ist's doch der Donner nicht, der die Leute todtschlägt!"

Sie lachen nun alle Vier, und der Schulmeister sagt:

„Ole meint, Du solltest das von damals vergessen, Eiwind, und auch Du, Thore."

Ole sieht Eiwind und Thore an und weiß nicht recht, ob er weiter sprechen soll.

Da sagt Thore: „Wenn wir auch nicht gerade sanft angefaßt wurden, in mir sind keine Widerhaken sitzen geblieben."

„Kannte ich doch den Burschen damals nicht," fährt Ole fort. „Jetzt seh' ich's wohl, daß es wächst, wo er säet, daß

Einsaat und Aussaat im Einklange sind; es sitzt Gold in seinen Fingerspitzen und ich möchte ihn wohl haben."

Eiwind sieht den Vater, dieser die Mutter, sie und Alle den Schulmeister an.

„Ole meint," sagt dieser, „daß er ein großes Gehöft hat, und daß" — —

„Ja, großes Gehöft" — unterbrach ihn Ole, „aber schlecht bestellt; ich kann nichts mehr, ich bin alt und die Beine richten nicht aus, was der Kopf will. Aber es lohnt sich schon, dort anzufassen."

„Freilich, das größte Gehöft im Kirchspiel," fiel der Schulmeister ein.

„Das größte, ja, das ist aber grad' das Unglück; zu große Schuhe verliert man von den Füßen; es ist brav, wenn die Flinte gut ist, aber man muß sie tragen können. Du, Eiwind Thoresen, Du könntest wohl den Haidehof wieder in Ordnung bringen?"

„Ich sollte also den Hof verwalten?"

„So ist's, Du solltest ihn haben!"

„Ich sollt' den Haidehof haben?"

„So ist's, ja, und Du wirst ihn dann auch schon verwalten."

„Aber?"

„Willst Du ihn nicht?"

„Ei, freilich, will ich ihn."

„Nun ja, also, — also ist das abgemacht, sagt' die Henne, sie flog in's Wasser."

„Aber?"

Ole blickt verwundert den Schulmeister an.

„Eiwind möcht' wohl wissen, ob er dann auch Marit bekommt?"

„Marit in den Kauf mit, versteht sich, Marit mit!" rief Ole schnell. Da brach aber Eiwind in ein herzliches Lachen und Jubeln aus und sprang vom Sitze auf; und auch die andern alle Drei lachten. Eiwind rieb sich die Hände vor Freude, tanzte in der Stube umher und wiederholte immerfort:

„Marit mit! Marit mit!"

Thore lachte, daß es in ihm schluchzte; die Mutter konnte den Blick von Eiwind nicht abwenden, sie sah ihn freudetrunken so lange an, bis ihr die Augen in Thränen übergingen.

Endlich unterbrach Ole den Jubel, indem er Eiwind frug:

„Was hältst Du von dem Haidehof?"

„Vortrefflicher Boden!"

„Vortrefflicher Boden, nicht wahr?"

„Viehstand sonder Gleichen."

„Viehstand sonder Gleichen! Nun, das geht an."

„Er soll der beste Hof im ganzen Bezirk werden."

„Der beste Hof im ganzen Bezirk! Glaubst Du das? Meinst Du das?"

„So wahr ich hier stehe!"

„Ja, ist's nicht wie ich gesagt habe?"

Beide sprachen gleich schnell, es ging wie ein Mühlwerk.

„Aber Geld, siehst Du, Geld?"

„Ich hab' kein baar Geld."

„Es geht langsam ohne Geld, aber es geht."

„Es geht, freilich geht's. Aber hätten wir Geld, ginge es schneller, sagst Du?"

„Um wie viel Mal schneller!"

„Viel Mal! Hätten wir doch Geld! Aber, na — der kann auch beißen, der nicht alle Zähne hat; der kommt auch vorwärts, der mit Ochsen fährt."

Die Mutter blinkte Thore zu, der ihr wiederum von der Seite oft einen kurzen Blick sandte, während er da saß und den Oberkörper hin und her wiegte, und mit den Händen über die Knie strich. Auch der Schulmeister blinkte ihm zu, und Thore that auch den Mund auf und räusperte sich ein wenig und versuchte drein zu reden, allein Ole und Eiwind sprachen so schnell und überboten sich immerfort und lachten und lärmten, daß Keiner ein Wort anbringen konnte.

„Es wäre gut, wenn Ihr Beide einen Augenblick schweigen könntet!" ruft endlich der Schulmeister, „Thore hat was zu sagen." Und als Eiwind und Ole darauf schwiegen und Thore ansahen, hob dieser endlich mit leiser Stimme an:

„Wir haben auf diesen kleinen Hufen einen Mühlgang gehabt; in der letzten Zeit haben wir zwei gehabt. Diese Mühlen haben nun immer alljährlich ein paar Schillinge abgeworfen; aber mein Vater hat nichts von dem Gelde gebraucht und ich auch nicht, bis damals, wo Eiwind auf der Landbauschule war. Der Schulmeister hat die Gelder angelegt, und er sagt, sie sind ganz gut gediehen wo sie liegen; nun aber wird's das Beste sein, daß Eiwind sie kriegt, um den Haidehof zu verbessern."

Die Mutter stand noch immer in dem Winkel, und sie machte sich ganz klein, während sie mit sichtbarer strahlender Freude Thore betrachtete, der ganz ernst dasaß und fast dumm aussah. Ole Haidehof saß ihm gegenüber mit aufgerissenem

Munde, ganz erstaunt über Das, was er so eben vernommen hatte.

Eiwind erholte sich zuerst von seinem Erstaunen und rief fröhlich aus.

„Ist's nicht, als wenn das Glück mich verfolgte?"

Dann trat er auf seinen Vater zu und schlug ihn auf die Schulter, daß es in der Stube klang und sagte, indem er sich die Hände vor Freude rieb: „Ei, sieh, Du Vater!"

Ole frug endlich den Schulmeister, aber leise:

„Wie viel Geld mag das sein?"

„Nicht grad' wenig," antwortete der Schulmeister.

„Einige Hundert?"

„Nun, ein wenig mehr."

„Ein wenig mehr!" wiederholte Ole. „Mehr, Eiwind, mehr! Hei, was das für ein Hof wird werden!"

Und Ole sprang vom Sitze auf und lachte daß es Art hatte.

„Ich muß mit Dir zu Marit," sagte Eiwind, „wir setzen uns in den Wagen, der hier noch vor der Thüre hält, so geht's schnell."

„Ja, schnell, schnell! Willst auch Du Alles schnell?"

„Ja, schnell und lustig."

„Schnell und lustig! Grad' so wie ich noch jung war, grad' so!"

„Hier ist die Mütze, hier der Stock, nun jag' ich Dich aus dem Hause, Ole."

„Du jagst mich hinaus! Hahaha! Aber Du folgst nach, nicht wahr, Du kommst mit mir? Und ihr Andern kommt nach, nicht wahr? Heut' Abend wollen wir beisammen sitzen bis das Feuer im Kamine ausgeht; kommt bald nach!"

Die Andern sagten zu, Eiwind half dem Alten in den Wagen, und vorwärts ging's hinauf nach dem Oberhaidehof.

Dort war der große Hund nicht der Einzige, der sich wunderte, als Ole mit Eiwind Thoresen auf den Hof hineingefahren kam. Während Eiwind ihm wieder aus dem Wagen half, und Knechte und Tagelöhner sie anstarrten, kam Marit auf die Hausflur gesprungen, um zu sehen, weshalb der Hund so in einem fort bellte. Hier blieb sie nun aber erst beim Anblick der Beiden wie festgebannt stehen, darauf ward sie feuerroth und eilte was sie konnte wieder hinein.

Aber der alte Ole, als er in die Stube trat und sie dort nicht fand, rief er sie mit einer Stimme herbei, daß die Fenster klirrten, und sie mußte schon herein kommen.

„Hei, Mädel, lustig, putz' Dich!" rief er ihr zu; „Hier ist Der, der den Haidehof haben soll!"

„Ist's wahr?" rief Marit vor Freude außer sich und so laut, daß es klang.

„Freilich, ist's wahr!" antwortete Eiwind und klatschte in die Hände.

Da drehte Marit sich um und um, warf Das, was sie in der Hand hielt weit von sich und lief aus der Stube.

Aber Eiwind eilte ihr nach. — — —

Es währte nicht lange, so kamen der Schulmeister, Thore und seine Frau an.

Der Alte hatte den Tisch decken lassen, und mehrere Lichter angezündet; Wein und Bier wurde vorgesetzt, es wurde getrunken und gescherzt und Manches verabredet; dabei hatte der Alte doch keine rechte Ruhe zum Sitzen, sondern ging den Abend viel hin und her in der Stube, hob die Beine noch höher als sonst, immer aber das rechte Bein höher als das linke.

---

Fünf Wochen darauf wurde Eiwind und Marit in der Kirche getraut. Der Schulmeister leitete an dem Tage selbst den Gesang, weil sein Hilfsküster krank war. Seine Stimme war nicht mehr vom besten Klang, denn er war alt geworden, aber in Eiwind's Ohren klang sie gut. Und als er Marit die Hand gab und sie zum Altar hinaufführte, nickte der Schulmeister ihm vom Chore her, gerade wie Eiwind es gesehen hatte, als er vor Jahren traurig jenem Tanze mit John Hatlen zusah; Eiwind nickte wieder und seine Augen füllten sich mit Thränen.

Jene Thränen beim Tanze waren der Eingang zu diesen, und zwischen ihnen lag sein Glaube und seine Arbeit.

Und hier endet die Geschichte von dem

„frischen Burschen."